BLOODY DOLL

KITAKATA KENZO

肉迫

北方謙三

肉迫

BLOODY DOLL

KITAKATA KENZO

目次

1　海流

横波が、船腹を打った。

揺れそのものは、ひどくない。時々、避けきれない横波が、船体を傾けるくらいだ。船底が海面を打つくらいの縦揺《ピッチング》に見舞われると、安見《やすみ》は小さな背中をふるわせて吐きはじめる。横揺《ローリング》の方がまだいいというのも、おかしなものだ。もっとも、本格的な時化《しけ》では、揺れは縦も横も同時に襲ってくる。

私はパイプに火を入れ、海図を覗《のぞ》きこんだ。どうということもない距離だ。海が静かなら、快適なクルージングになっただろう。釣でもしながら、行けたかもしれない。

「ロン・コリ、一杯作ろうか？」

土崎三生《つちざきみつお》が、白いものがかなり目立つ顎髭《あごひげ》を掌《てのひら》で撫《な》でながら入ってきた。飛沫《しぶき》で濡《ぬ》れたようだ。土崎は、髭がもっと白くなることを望んでいた。真白になれば、ようやく髭だけはパパに似てくるというわけだ。パパと言っても父親のことではなく、彼の好きなヘミングウェイのことだった。

「一杯だけ、貰《もら》おうか」

「お嬢には隠れてやりなよ。いま、お嬢はなにも飲まねえ方がいいから」

「わかってるさ」

私は、遠くの波の具合を双眼鏡で確かめた。海流が複雑に入り組んだ海域なので、波も思わぬ方向からやってくる。

船は、車と違って、鋭敏に舵《かじ》に反応しない。小回りが利かないというやつだ。遠くにある波に備えて、早くから方向を修正しておいた方がいい。

ロン・コリが計器盤の上の台に置かれた。土崎が作るものは、いつも甘すぎる。キューバふうにやろうとして、砂糖を多目に入れてしまうのだ。ほんとうはモヒートを作りたいのだろうが、日本ではミントの葉が手に入らない。ラム酒だけは、ハバナクラブをどこからか手に入れてきた。

「日本の海も、悪かねえな。このところ、そう思えてきた」

「死んだ色をしてる、と言ってたじゃないか」

「そりゃな。十年近くカリブ海を眺めて暮してきたんだ」

といって、土崎がキューバにいたことはなかった。キーラーゴというフロリダ半島の街で、何年か漁師をやっただけだ。

「バラクーダがいりゃ、俺もこの海で満足なんだが」

「忘れろよ、アメリカのことは」

私は、ロン・コリを口に運んだ。アッパーブリッジの運転席からは、白波を立ててぶつかる沖の海流がよく見えた。

秋の終りの、ちょっと荒れ気味の海。そういう海が、私は好きだった。沖を、タンカーの黒い影が走っていく。ほかには、漁船がいくつか見えるだけだ。

ロン・コリを一杯飲み干すと、私は運転を土崎に任せ、下のコックピットへ降りていった。ヨットをやる連中が使う、海図《チャート》をよく頭に入れた。沿岸部には、かなり暗礁《あんしょう》がある。どこは確実に通れるのか。どこは満ち潮の時だけ通れるのか。

ただのクルージングより、スリリングな方が私は好きだった。もっとも、ことさら危険を求める傾向はない。

「まだ着かないの、パパ？」

キャビンのリビングから、安見が顔だけ出した。

「外に出て、風に当たれ。その方がいくらかましだぞ」

「大丈夫。あたし酔ってなんかいないから」

そばへ来て、安見が海図を覗きこんだ。

「どこなの、いま？」

私は鉛筆のさきで、海図の一点を指した。

「あと一時間、というところね」

「その気になって走れば、四十五分だな。暗礁と暗礁の間を抜けることになるが」

「四十五分で、行くつもりなの？」

「その気だから、海図《チャート》を見てる」

「ママがいたら、叱《しか》られたとこよ」

私は、肩を竦《すく》めた。安見の母親には、もう私を叱りようもなかった。

「東京の学校は、やっぱり気が進まないか？」

「それを、ずっと考えてたわ。問題は、パパのそばにいるかどうか、ということでしょう。だから、あたしだけの希望で決めることじゃないと思うの」

十一歳だったが、もう大人のような口を利く。確かに、私が安見と一緒に暮した方がいいのかどうかの問題だった。

「おばあちゃんは、東京で暮したがってる。そのための部屋も、ちゃんと用意した」

「パパをひとりにしておくのが、心配なの」

「大人をからかうな」

「食事は作れない。洗濯もできない。どこから見ても、自立してないんだから」

私は、拳《こぶし》で安見の頭を軽く小突いた。安見が、ちょっと舌を出す。

こういうことのひとつひとつが、生活の中の幸福だ、と思える時期が確かに私にはあった。それは、すでに遠い。

「暗礁だぜ」

土崎が上から伝えてきた。

私は、アッパーブリッジの運転席に戻った。雨の日などは下のコックピットを使うが、見通しがいいので大抵は上の運転席だった。

「突っ切るのかね、キャプテン？」

「いま、安見に叱られたとこだがね」

速度を落とした。

大して難しい水路ではなかった。この暗礁をかわせば、大回りして沖を通る必要はない。荒れ気味なので、船が流されないように気をつけた。速度を、あまり落とすのは危険だった。

思ったより、よく言うことを聞く船だ。この三か月ほどの間に、性能はほぼ摑《つか》みきっていた。速い船というわけではないが、乗心地は上々だった。売りに出ていたものを言い値で買った時、土崎はブツブツと不満を並べたものだが、いまはもうなにも言わない。

暗礁が近づいてきた。点々と、沖まで二キロほどの暗礁が連続しているが、抜けられる場所が二つある。漁師がよく使う水路なのだろう。ガラス製のブイが、目印に二つ浮いていた。

「なかなかなもんになったよ、あんたの操船も。はじめのころは、判断が遅くて胆《きも》を冷やしたもんだ」

私がクルーザーの運転をはじめたのは、フロリダでだった。アメリカではじめた事業の、ささやかな成功の象徴のようなものだった。安見が六歳になったころのことだ。

「お嬢は、下でふるえてんじゃあるまいな」

「あれは、結構度胸が据ってる。日本に戻ってから、特にそれを感じるね」

「母親のいない子は、男親みたいに強くなるってことかい」

「母親の方が強い。結婚してない土崎さんにはわからんだろうがね。あれは、母親か、もしくは俺の女房の役割りを果たそうとしてるよ。自分じゃ意識せずにだ」

「十一じゃねえか、お嬢はまだ」

「それが女さ」

暗礁は難なく抜けた。もうちょっと大型の船だったら、船底に神経を使わなければならなかっただろう。

速度をあげる。アッパーブリッジに吹きつける風が、強くなった。

「このまま、ひっそりと暮そうって気にゃなれねえのかい。そうやっていけるぐらいの金はあるじゃねえか」

「この船を買った」

「十隻は買える金があるだろうが」

「ひっそりと暮すのも、いいかもしれん。しかし、それはやることをやってからさ。このまま、負け犬を続けて生きられはせんよ」

「誰も、あんたを負け犬とは思っちゃいねえさ。相手が卑怯《ひきょう》だった。だけど、あんたはちゃんと自分のものを守った。日本に引き揚げることになったが、自分のものはしっかり守ったんだ」

「一番守らなきゃならんものを、守ることができなかった」

「それが、卑怯ってのさ。あんたの奥さんは、なんの関係もなかった。そりゃ、お互いに了解してることだったろう。そんな連中を相手にして、なんになる。あんたは、もともとまともなやり方しかできねえ男だ。それが、あの連中ときたら、やり方もクソもねえや」

「俺は、変ったよ。何度も言ったろう」

「男は、そう簡単にゃ変れねえもんだ」

全開にした。

船の揺れは小さくなった。それでも、せいぜい二十ノットちょっとというところだ。二十五ノット出れば、申し分ないクルーザーになるだろう。

「あそこに着く前に、俺はもう一度だけ言っておきたかった。着いちまったら、はじまったってことだからな」

土崎が、ジッポで吸いかけの葉巻に火をつけた。ホンジュラス産だ。いつもハバナ産を欲しがっていたが、アメリカにいたのでは手に入らなかった。

「俺は、下へ行ってお嬢の様子を見てこよう。酔っ払って苦しんでるかもしれんし」

「酔っちまったら、どうしてやりようもない。放《ほう》っておくしかないぜ」

「娘っ子だぞ。それでも父親か」

土崎がキャビンに降りた。

私は陸《おか》の方へ眼《め》をやった。双眼鏡を使わなければ、家々の屋根まで確認することはできない。しかし、そこに間違いなく陸地がある。私が行くべき街がある。

二度、ホーンを鳴らした。

「なんかあったのか？」

土崎がキャビンから顔を出した。

「別に。ただ挨拶《あいさつ》してやっただけだ」

「どの船に？」

「船じゃない。俺の心の中にさ」

「また、わからんことを言う」

かすかに首を振って、土崎は煙を吐き出した。そのまま、アッパーブリッジにあがってくる。

「俺は、こっちにいることにしよう。葉巻の匂《にお》いを、お嬢に嫌われちまった」

「もうすぐ、マリーナの旗が見えてくる」

「そうだな」

風が鳴った。

不吉な音だ、と私は思った。それを拭《ぬぐ》い消すように、私は飛沫《しぶき》で濡《ぬ》れた顔に掌をこすりつけた。

2　街の灯

顔色の悪い男だった。

海にでも連れ出して、陽《ひ》に灼《や》いてやりたいような気分になる。神経質そうな指さきで、パイプに詰めた葉をさかんに気にしていた。会うのは、これで二度目だ。電話でも何度か話しているが、声の感じよりずっと不健康な印象だった。

「腎臓《じんぞう》をやられちまってね。ごついキドニー・ブローを食らって。週に二度は透析をしなくちゃならないんですよ」

躰《からだ》は痩《や》せた感じなのに、顔だけがむくんだように見えるのは、そのせいなのか。

「調べるだけのことは、調べておきましたがね」

宇野《うの》弁護士は、テーブルの上の書類を指さきで軽く弾《はじ》いた。この街で一番優秀な弁護士ということで、依頼した。病気持ちだとしても、頭は切れるという感じがある。

「難物だな、これは」

「というと？」

「絡んでる男が、面倒でね。この街を、その気になれば牛耳《ぎゅうじ》れる男ですよ」

「しかし、牛耳る気はない？」

「野心に欠ける。もともとその男が成功したのは、つまらん野心に無縁だったからと言ってもいい。つまり、最後は損得抜きで動いちまうようなやつです」

「その男と、対立したくはないということですな」

「とんでもない。俺の天敵みたいなやつですよ」

「ほう」

「俺は、キドニーってニックネームで呼ばれててね。つまりは、その男が俺に贈ってくれた唯一のものってわけです」

「キドニーか。悪くないな」

「フロリダでも、通用しそうでしょう」

きちんと整った事務所だった。入口の部屋にいる秘書の態度も、悪くはなかった。

宇野がパイプに火を入れ、濃い煙を吐いた。土崎が喫《す》っている葉巻よりはましだ。私も煙草《たばこ》に火をつけた。四年禁煙したのが、元も子もなくなっている。喫いはじめたのは、八か月前だった。

「私の方の、法的な問題点は？」

「なにも。あの土地に絡んで、この間事件が起きましてね。だから、誰もあそこに手を出そうとしてない。あの隣の土地を借りたのは、実に的を射た戦略だったと言っていい。借地権は正式に発効していて、いまさら地主がなんと言おうと、通りはしませんよ。買うんじゃなく、借地を申しこんだのが、ポイントでしたな。むこうが情報を摑《つか》むのが、それでかなり遅れた」

宇野が、三度続けて煙を吐いた。三度目に吐いた煙は、かなり濃くなっていた。

私が借りた土地。海際にある広大な土地のそばに、小さな畠《はたけ》があった。せいぜい三千坪くらいのものだ。地主は、私が出した条件をすぐに呑《の》んだ。

あの土地の買収工作だけが見落とされていたのか、それとも意図的に放置してあったのか、私にはわからなかった。地主が、値を吊《つ》りあげようと、粘っていたという気配はなかった。

「岡本《おかもと》という男は、私が呈示《ていじ》したそれほど高額ではない金に、意外そうな表情をしたくらいだ。

「岡本という男は、意外に計算高いのかもしれませんな。あの土地を手に入れるのも、上からドンという感じじゃない。少しずつ時間をかけて手に入れてる。あの三千坪も、放置しておけば地主が嫌気がさして、安く手放す気になる。そう目論《もくろ》んでたのかもしれない」

煙を吐き続けながら、宇野は喋《しゃべ》っていた。私は煙草を消した。出されたコーヒーが、冷めきっている。

「あそこに、広大なリゾートタウンが建設されれば、市の発展のためにもいいこととされていますよ」

「横槍《よこやり》は理不尽ですかね？」

「まあ、そうでしょう。まず、あなたがなにを建てようとしても、建築許可は下りないだろうし」

「ビルを建てようとは思ってない。この間、説明したでしょう」

「ビルが倉庫であっても、なかなか難しいですよ」

「じゃ、建築許可は？」

「取ってありますよ。だけど、実際の工事に入るには、妨害が多すぎるでしょうな」

「なんだ、許可は取ってあるのか」

「時機を狙《ねら》って、すべてを一度にやったんです。役所じゃ、倉庫といってもあそこの工事のための資材置場と考えただろうし」

「つまり、うまくやっていただいた。そういうことですな」

「こっちの苦労と努力を認めていただいたら、俺としても言うことはありませんね」

宇野が差し出した書類袋の中身に、私はちょっと眼を通した。

「フロリダに、何年でしたか？」

「十六年。大学を出てすぐに、流れていった口ですよ。もっとも、はじめはニューオリンズでしたが」

「ジャズでもやりに？」

「いや。なんの目的もなく」

逃げていった。そう言った方がいいのかもしれない。もっとも、あのころ私に、逃げるという意識があったわけではない。なにもかもが面倒になった。それだけのことだ。

「あの借地に対する、法的な手続のすべて。若干《じゃっかん》の調査。今後の見通し。すべて終ってます。弁護士の仕事としちゃ、物足りなかった。司法書士がやればいいことでね。俺が手を出してみようって気になったのは、相手が面白かったからですよ」

「簡単なことだと思ったら、こっちも弁護士に依頼はしなかった。いずれなにかが起きるかもしれない。その時のためですよ」

「なにかを起こすかもしれない。そう言って欲しいですね。岡本を相手になにかを起こす」

「手強《てごわ》すぎますか、宇野さんには？」

「いや、ただの大企業のオーナーでしょう。はじめに言った通り、問題は間に入っている男だ」

「川中《かわなか》とかいう？」

「そう。御存知でしょうが、道路を境にして海際の土地は、全部あの男のものです。秋山《あきやま》さんが借りたのは、道路より奥の方の土地の一部になる。川中は、ただ間に入ってるだけじゃない。川中エンタープライズは、岡本と組んで仕事をするということでしょう」

「その気になれば、この街を牛耳れる男。しかし、所詮《しょせん》は酒場の経営者だ」

「本気で言ってるとしたら」

「冗談ですよ。やり合ったこともない相手に対しては、予断は持たないことにしてます」

私は、法律書の並んだ書棚に眼をやった。半分以上、刑事に関する本だ。

パイプの火が消えたようだった。宇野はマッチで灰を掻《か》き出し、もう一度火をつけた。どこか気怠《けだる》そうな仕草だ。

「これで手を引きたいですか、宇野さん？」

「さあ。法律的な部分に関する仕事だけは、続けてもいいと思ってます。ほかに関しては、しばらく見物を決めこもうって心境ですよ」

「ほかに、どんなことがあるというんです？」

「秋山さん自身が、やろうとしていること。それは、裁判所で決着がつくことだけじゃないでしょう」

「そうなるのかな」

「岡本なんてのは平気だが、川中とは気軽に事は構えられん。そういうやつだ」

「さっき、天敵と言いませんでしたか？」

「だから、なおさらです。やる時は、相手を潰《つぶ》す気でやらないことにゃね」

「愉《たの》しみだな」

「なにが？」

「その川中とかいう男に会うのが」

「好きになりますよ。そんなやつだ」

「まるで、あなたも好きみたいだ」

宇野のパイプが、また消えたようだった。

「何軒も、この街に店を持ってる。しかし会社にやつはいたことがない。『ブラディ・ドール』ってクラブに行くと、会えるかもしれないな。オープン前の午後六時。あいつはあそこで、シェイクしたドライ・マティニーを一杯飲《や》るのが日課でね」

「運がよかった、宇野さんに会えて」

「ほう」

「川中が敵に回った時、頼れる味方ということになりそうだ」

私は腰をあげた。

「俺が川中とやり合うには、それだけの理由が必要ですよ。当てにされても、困るな」

「いや、あんたはやるな。そう思う。この話の中で、川中という男は脇役にすぎん。ところが、あんたは主役として見ている」

「川中という男が、あんたにとっては特殊な人間ということだろう」

「だから?」

そのまま、私はドアを開けた。秘書の女の子が慌てて立ちあがる。背中を、宇野の低い笑い声が追いかけてきた。私は、ふりむかなかった。

夕方になると、コートが欲しくなるような肌寒さだった。

私は、宇野の事務所から歩いてホテルへ戻った。

「大人しくしていたのか」

安見は、窓際に腰かけて、小学生むけの童話を読んでいた。祖母が、つまり私の母親が買い与えたものだ。

「土崎のおじさんから、電話がかかってきたわ。燃料はたっぷり入れたって。それから、夕ごはんはひとりで食べるって」

「一緒に来ればいいのに」

「あたしも、そう言ったわ。パパと二人で食べろってさ。なに考えてるのかしら」

安見が、含み笑いをした。

陽が落ちるのは早かった。窓の外は、もう薄暗くなっている。

「東京に帰らなくちゃ駄目、パパ?」

「帰りたくないのか?」

「だから、パパが心配だって言ったでしょ」

「パパは、おまえが心配だ。忙しくて帰れない時もあるだろうし、子供をひとりきりにするのはよくない、と思ってる」

「マイアミじゃ、いつも夜遅くまでひとりでいたわ。ママが死んでからは」

「おばあちゃんがいるのに、そうしたくないな。おばあちゃんだって、ひとりなんだ」

「あたしが嫌いなのね、パパ」

「おいおい」

私は煙草に火をつけた。

「冗談よ。おばあちゃまのこと、あたしに任せてくれて大丈夫だから」

「明日、安見を新幹線に乗せる。駅までは、おばあちゃんが迎えにきてるはずだ」

「大丈夫よ。帰り方知ってるもん」

私は、窓際に立って街を見下ろした。

灯がともりはじめている。闇《やみ》が血を滲《にじ》ませているようだった。

「夕ごはん、なにを食べたい？」

「なんでもいいけど、お野菜がたくさんついてるものよ」

「それは、おまえがママに言われてたことだろう」

「忘れるなって言ったの、パパよ。ママのこと忘れるなって。そうすることが、ママがいつまでも生きてることだって」

「そう言ったな。憶《おぼ》えてるよ」

私は、安見の頭に軽く手をやった。髪を長くしたがっていた。何度も母親に頼んで、ようやく許可を貰《もら》った。それからひと月も経《た》たず、安見の母親は死んだ。

安見の髪は、肩まで届きそうなほどのびている。

3　二人

海際のマンションの、小さな部屋に移ったのは、私ひとりだった。

土崎は、船の上で暮すと言い張った。繋留《けいりゅう》中は、地上から電線を引くので、ダイナモを回さなくても、電気は自由に使える。電気さえきていれば、大抵のことは事足りた。

荷物と言ってもスーツケースが二つだけで、ベッドと簡単な家具は新しく買った。

部屋が整ったのは、夕方だった。

私はバスを使い、白いワイシャツにネクタイを締めた。スーツは紺《こん》だ。

洗面台の鏡の中の自分に眼をやった。顔は相変らず陽灼《ひや》けしている。潮灼けと言った方がいいかもしれない。痩せた。眼が、光を帯びている。

一度、掌で顎を撫でた。鏡の中の自分から眼をそらす。

すでに、はじまっているのだ。はじまったことについて、あれこれ考える気はなかった。倒れたところが終り。それだけのことだった。

外に出た。かすかに、海からの風があった。躰が縮んでしまいそうになる。日本では暖かいといわれる地域でも、フロリダの秋と較《くら》べるとやはり肌寒かった。

マンションがあるのは、日吉《ひよし》町という街のはずれで、車の往来は少なかった。近くに国道が通っているが、タクシーはいそうもない。

商店街まで、私はゆっくりと歩いた。タクシーが追いかけるようにやってきた。乗りこんで『ブラディ・ドール』と告げると、運転手は黙って頷《うなず》いた。

「流しのタクシーを拾うってのは、この街じゃ無理なのかな？」

「まあ、そうだね。大抵は電話で呼ばれるね。でなかったら、駅前の乗り場。空車で走ってんのは、客を降ろした帰りだね」

「この街の景気は？」

「まあまあってとこだろう。第二次の工場誘致計画が、市長が交代してやめになっちまったもんだから、大発展はせんだろうって話だね。今度の用地が、街に近すぎて、公害がどうのって、市民が問題にしはじめたのよ」

「海のそばの、あそこだな？」

「工場の代りに、リゾートタウンを造る計画だってよ。まあ、タクシーなんかは、どっちができても同じようなもんだけど」

繁華街に入った。すでにネオンはともりはじめている。『ブラディ・ドール』まで、マンションから車でせいぜい十分といったところだ。

派手な店ではなかった。どことなく落ち着いた雰囲気がある。この街に、こういう店があることが、私には驚きだった。もっとけばけばしい、キャバレーのような店を、私は想像していた。

ドアを押して入った。

「あの、ちょっと」

入口でボーイに声をかけられた。

「七時が開店なんですが」

ようやく六時になろうとしている。ボーイの態度は、それほど不愉快ではなかった。従業員の教育は、悪くないらしい。

「客じゃないんだ」

私は、ちょっと上体を乗り出して、店の奥を覗き見た。

「川中さんと、ここで会うことになってる」

「社長とですか」

ボーイは、一瞬戸惑《とまど》ったようだった。振りかえるような仕草をし、それから、もう見えてます、と短く言った。

ボーイの案内を待たず、私は店の中に入った。大して高級な造りではないが、落ち着いていた。照明はまだ明るく、ワイシャツ姿のボーイが、客席のテーブルを直している。

カウンターに、男が二人腰を降ろしていた。黒っぽいスーツ姿と、明るい茶系のチェックの上着姿だ。

どちらが川中なのか、私にはなんとなく見当がついた。チェックの上着。スーツ姿の男の方には、微妙に控え目な雰囲気がある。

私は、カウンターまで真直《まっす》ぐ歩き、チェックの上着とスツールをひとつ空けて腰を降ろした。赤いベストを着たバーテンが、じっと私に眼をむけてきた。

「ジン・トニックを一杯。ソーダとトニック・ウォーターの、ハーフ・アンド・ハーフで作ってくれ」

バーテンの視線は、まるでなにかを測るように、私の顔から動かなかった。

「ジンは、なににいたしましょう？　タンカレーかなにか？」

「ゴードンの辛いやつだ」

バーテンが頷いた。

私は、左隣りの男に眼をやった。躰つきは私と同じくらいか。体重はいくらか重そうで、私と同じように潮灼けしている。前に置かれているマティニーのグラスは、もう空っぽだった。

「船がお好きなんですね」

ジン・トニックを差し出しながら、バーテンが言った。潮灼けした私の顔から判断したのか、コルムのアドミラルズ・カップの腕時計から判断したのか、よくわからなかった。

「この街のマリーナの会員になってね。きのう船を入れたばかりさ。『キャサリン』ってモーター・クルーザーだよ」

「何フィートあるんです？」

「今度、来て計ってみるといい。君も船が好きなんだろう？」

「自分の船は持っておりません。うちの経営者の船のクルーですよ」

私は、ジン・トニックを口に運んだ。悪くない。少なくとも、土崎のロン・コリよりずっとましだ。

「こちらが、川中さん？」

男が、私に顔をむけた。やあ、と白い歯を見せて笑った。それきり、話しかけてくるでもなかった。もうひとりのダークスーツ姿の男は、じっと酒棚に眼を注いだままだ。あまり明るいという印象はなかった。

「秋山という者です」

軽く頭を下げて、私は言った。川中の私を見る眼に、はじめて好奇心の光がともった。

「岡本に一杯食わせたというのは、あんたですか」

「一杯食わせたって気はありませんがね」

「ドジな男だ。いや、岡本が使ってたのがドジだったのかな。地主が手放す気になるのをじっと待ってて、あんたに油揚げをさらわれちまった」

「空いてる土地があったから、借りた。ただそれだけのことだったんですがね。後で聞くと、いろいろ問題のある土地だったらしい」

「まあ、どうってことたあありませんがね」

「しかし、岡本、いや大星《だいせい》開発のこの街の代理人は、川中さんでしょう?」

「それで、挨拶に来られたってわけですか」

川中が、また白い歯を見せて笑った。

私はジン・トニックを飲み干し、煙草をくわえた。バーテンが火を差し出してくる。

「俺は、俺の土地に新しくヨットハーバーを造りたいだけでね。大星開発なんてどうでもいい。たまたま、道路を隔てた土地を所有していたんで、一緒にやろうってことになっただけです」

「あそこの、立地条件に注目された?」

「大きな船が入れる波止場も造れる。ヨットハーバーとしても、安全でいまの場所よりずっといいし」

「大きな儲《もう》けでしょうね？」

「さあね。商売の方は、あまり関心がない。自分の船を入れるところが、新しく欲しかった。それだけのことですよ。大星開発が今年のはじめから買収をはじめたあの土地も、もともとは工場予定地だった」

「自分のヨットハーバー」

「大袈裟《おおげさ》だな、その言い方は。自分の船を入れておく場所。ひとりじゃ無理なんで、いいハーバーをこしらえて、会員を募《つの》ろうってわけです。勿論《もちろん》、第一号の会員が自分でね」

「いまから、入会申込みをしておくかな」

「じゃ、第二号だ。いまのところ、影もかたちもないハーバーだけど」

この男が、その気になれば街全体を牛耳れるのだろうか。金に群がる男たちが持つ、特有の生臭さがまったく感じられない。野心に欠ける、と宇野弁護士が言ったことを、私は思い出した。

「飲みませんか、秋山さん？」

「川中さんは？」

「俺は一杯と決めてます。開店前に一杯。そうだ、いまはまだ営業中じゃない。何杯飲んでも、勘定はいただきませんよ」

「それは困る。借りになるから」

「借りは、いつか返せばいい」

「ジン・トニック一杯に、どれくらいの利子がつくんですか？」

「オン・ザ・ロックが一杯。そんなもんかな。俺は、貸し借りが金に換算されるべきじゃない、という考え方でね。酒を貸したら、酒。命を貸したら、命」

「物騒な話だ」

「この街は物騒だった。俺がはじめてやってきたころはね」

「第一次の、工場誘致計画の最中だったそうですな」

「第一次なんてありませんな。第二次がなくなっちまったんだから」

川中が、煙草に火をつけた。ダークスーツの男は、まだ喋ろうとしない。

「もう一杯、借りを作ることにするかな」

「同じもので、よろしゅうございますか？」

「ああ」

バーテンの手つきは、見事なものだった。ゴードン・ジンの辛さがよく生きている。

「いつから、この街に？」

「きのうですよ。もっとも、以前に何度か来てはいますが」

「東京ですか？」

「生まれはね。二十代のはじめから、ずっとアメリカにいました。フロリダで、ホテルとレストランをやってましてね」

「フロリダ？」

「なかなか、いいところですよ。メキシコ湾がきれいで」

「大星開発が、フロリダに乗り出してるって話を耳にしたことがあったな」

「じゃ、私は逆上陸だ」

「読めてきたな」

「どうかな」

「俺にゃ、どうでもいいことだ。岡本が買った恨みを、俺が肩代りする理由もない」

「そう願いたいな」

私は、二杯目のジン・トニックを飲み干した。

腰をあげる。同時に、ダークスーツの男が立ちあがった。感じられないほどの、短い緊張感が、私とダークスーツの男の間に走った。まるで、川中のボディガードといったところだ。

「藤木《ふじき》という者です。俺の片腕みたいなもんでしてね」

藤木が頭を下げた。暗い眼だった。好きになれそうもない、と私は思った。

「俺に用事の時は、藤木に言って貰えば大抵は伝わりますよ」

「よろしく」

私は頭を下げたが、眼は藤木からそらさなかった。

「この店におります。この時間はですが」

「会員制と書いてありますな、入口に」

「秋山さんなら、歓迎ですよ。会員制というのも便宜上のことで、言ってみれば店の方で自分の格付けをなんとかしようというだけのことです」

「ジン・トニックが気に入りましたよ。ジンをなににするか、訊《き》いて貰えるところがいい。大抵、流行のものを飲まされちまうもんですが」

「バーテンは、坂井《さかい》と申します。ほかのカクテルも、なかなかなものですよ」

「藤木さんも、バーテンをなさっていたんですか？」

「大した腕ではありませんが」

「海で、お会いできることもあるのかな？」

「この三人ならね」

川中が口を挟んだ。私は頷いた。

いまのところ、川中との間に険悪なものはなにもない。笑って頷いていられる。

「私の船を動かしてるのが、土崎という男でしてね。ヘミングウェイのファンで、モヒートとダイキリを作らせたらなかなかなもんですよ」

「一度、飲《や》りたいですな。カリブ海もいいでしょうが、駿河《するが》湾もなかなかのもんですよ」

「千葉のマリーナから船を回航してきましてね。なかなかのものでした、確かに」

軽く目礼をして、私は川中に背をむけた。

出口まで、藤木は見送ってきた。

4　パイソン357

かすかな揺れがあった。

防波堤を造ってあると言っても、外洋にむかって開いているマリーナだった。波の影響は、かなりある。川中が造ろうとしている場所の方が、ヨットの繫留にはずっと適していた。

私は、街で買い整えてきた肉と野菜を、小さな流し台のそばに置いた。

「ここで、毎晩俺に料理させようってつもりじゃあるまいな」

土崎は、もうかなり出来あがっているようだ。前部のクルーズスペースから這《は》い出してくると、そのままリビングのソファに腰を沈めた。

「土崎さんのための食料さ。あれば、腐らせるのが惜《お》しくて食うだろう。なけりゃ、飲んで済ましちまう人だからな」

「ラムは、躰にいい」

「ヘミングウェイが、そう言ってるのかね？」

「いや、俺が言ってる」

「とにかく、肉と野菜は買ってきちまった」

船体が、きしっと音をたてた。

私はキャビネットからハバナクラブの八年物を出し、ブリキのカップに注いだ。

「川中って男に会ってきた」

「何者だね、そいつ？」

「岡本のパートナーになるかもしれん男。そういうことになるかな」

「あんたの方から、会いに行ったのか？」

「弁護士が、気をひくような言い方をしたんでね」

「いずれにしても、岡本の野郎は簡単に出てきやしねえだろう。その川中とかいうのを揺さぶって、引っ張り出すか」

「難しいな。手強そうな相手だね」

ハバナクラブが胃にしみた。ストレートのラムも悪くない。三年物の透明なハバナクラブは、モヒートやロン・コリを作るのに使うので、ストレートで飲むと土崎はいやな顔をする。

「お嬢、どうしてるかな」

「まあ、放っておくしかないだろう」

「それが、父親の言い草かね」

「俺も、父親をやってやりたいよ」

「言っても、仕方ねえか」

　力なく、土崎が笑った。これほど子供が好きで、なぜ結婚しなかったのかと何度も思ったが、訊いたことはなかった。

　土崎が女と暮していたことがある、と教えてくれたのは、ジャマイカから戻ってきた日本人だった。その女となにかあって、土崎はアメリカへ来てしまったらしい。二十年以上も昔の話だ。

　私は、二杯目のラムをカップに注いだ。

「飲《や》るかい？」

「いや、俺はもういい。それより、鍋《なべ》に小魚の煮たのが入ってるぜ。餌《えさ》を撒《ま》いて糸を垂らしたら、すぐに食いついてきやがる」

「魚はいらんよ」

「ここはフロリダじゃねえ。泳いでるのは、食える魚ばかりだ」

「釣るだけでたくさんだね、魚は」

　キーラーゴでは、土崎はよく波止場に集まる魚を釣っては、煮たり焼いたりしていた。

食えようが食えまいが、お構いなしなのだ。

「岡本とやり合うのに、こんな真似《まね》までしなくちゃならんのかと、ずっと考えてた」

「会いに行って、ズドンと一発やれっていうのか、また」

「野郎がどんな大物だろうと、躰が鉄でできてるわけじゃねえだろう」

「フロリダじゃ、それで失敗したよ。俺たちの地元でだ。日本じゃ、もっとうまくいかんさ」

「あの時、あんたは鬼みてえな顔して、拳銃《けんじゅう》をひっ摑《つか》んでいった。戻ってきた時は、二発食らってたよな。だけどそれはアメリカだからで、日本じゃ誰も拳銃を持っちゃいねえだろう」

「普通の人間はな」

「ギャングどもは、どこの国だって別さ。岡本はギャングじゃねえんだろう」

「まともな人間が、ギャングを雇う。そういうこともよくあるんだ」

「まあ、年に三か月は日本に帰ってたんだ。あんたの方が詳しいだろうがね」

「二発食らった痕《あと》は、もうほとんど痛まんよ。うまく弾を抜いてくれた」

「まあな。魚ののどの奥の方にひっかかった、鉤《はり》をはずすのと似たようなもんだ」

肩と太腿《ふともも》に食らっていた。幸運だったのは、躰の中で弾が砕けて散らなかったことだ。ひどい弾を食らった時は、中で弾が飛び散って、素人の手に負えなくなってしまう。

「岡本のやってる会社ってのは、相当でかいのかい？」

「どういう基準で言えばいいかわからんが、事業規模じゃかなりのもんだね。別荘地やゴルフ場を売る会社さ」

「日本人も、金持ちになりやがったんだな」

「ただ、ひとつ倒れると、将棋倒しってやつさ。次の仕事は、前の仕事を担保にして金を借りる。新しい仕事を、やらんわけにゃいかなくなってる」

「やつが、フロリダに手を出してきた理由ってのは、わかったのか？」

「まだ、そこまで調べはついちゃいない。確かなのは、やつはいまは日本にいる。ここで新しい仕事をやろうとしてる。それくらいのもんだ」

「とすりゃ、やつもやってくる」

「そしてズドンかね。日本は逃げにくいよ。何年も刑務所に入ってる気にならなきゃ、できることじゃない。それに、うまくいくって保証もない」

「じわじわと、岡本を殺していきたいんじゃねえか、あんた？」

私は返事の代りに、カップのラム酒を呷《あお》った。もう胃にしみなくなっている。

「そりゃ、俺は船とちっちゃな酒場をぶっ毀《こわ》されただけだ。俺の全財産だったがね。あんたは、奥さんを死なせた。それは忘れられることじゃねえだろう」

「俺も、レストランやホテルをぶっ毀された方が、気持は楽でいられた」

「ようそうな、こんな話。もう何遍もやったことだ」

土崎が、ソファから腰をあげる。風にでも当たりたくなったのか、キャビンから甲板《かんぱん》にあがっていった。

私は、三杯目のラム酒を注《つ》いだ。三杯目になると、菊子《きくこ》はいつもたしなめるような眼をしたものだ。四杯目で、瓶を取りあげられた。私に、アル中の素質があると信じていたのだ。

ラム酒であろうがウイスキーであろうが、私はこの八か月、四杯以上飲んではいない。つまり、酔うこともなかったということだ。

土崎が戻ってくると、葉巻の吸口を噛《か》み切って火をつけた。シガーカッターを何度かプレゼントしてやったが、大抵は三日でなくしてしまう。

「俺は、この船が好きになってきたよ。じわじわとよさのわかってくる女って、いるじゃねえか。そういうやつさ、こいつは。しっかりと造られてる。派手じゃねえがな。エンジンの手入れだっていいし、恰好《かっこう》も悪かねえ。長いことかけて、手入れした船だな」

「土崎さんがそう言うなら、確かだろう」

「船だって、女に出会うようなもんだ」

「車も、そうだな」

「あんたは、いい女房と出会った。死なれちまったがね。そういう運を持った人間っててのは、いるもんさ」

「それをなくしちまう、というのも運の一種かね？」

「かもな」

葉巻の匂《にお》いが、キャビンに立ちこめた。

「明日から、はじめるぜ。俺は、俺のやり方でやるしかなさそうだ」

「もう、止めようって気はねえさ。ひとつだけ断っとくが、俺は岡本をズドンとやるかもしれねえぞ。野郎は、俺の鉄砲玉を食らって当然なんだ」

「土崎さんの方が、やられるかもしれん」

「そういうのを、運ってんだ。とにかく、俺はやるかもしれねえ。それだけは、いまからあんたに断っといた方がいいと思ってね」

「わかってるさ」

「それが、あんたのやろうとしてることを、ぶち毀さなきゃいいと思ってる」

「はじめから、毀れるものなんかなにもない」

「トラックなんか、どうするのかね？」

「手配は、してある」

「この街じゃ、車もいるだろう。きのう街に出てみたが、タクシーを拾うのに駅前へ行かなきゃならなかった」

「車は、レンタカーにしよう」

「ドイツの車が好きだったじゃねえか、あんた」

「いまは、好きじゃないな」

菊子が死んでいたのは、メルセデスのコンバーチブルの中だった。

「日本の車でいい。目立ちもしないし」

土崎が、クルーズスペースに潜りこんでいき、箱を抱えて出てきた。

「あんたとは、おかしな縁だよな。流れ者同士って感じで、アメリカで会った。お互い、フロリダに落ち着こうとしてる時だったよな。あんたはレストランをはじめ、流行《はや》らせてホテルも造った。俺は、釣船屋の親父《おやじ》になっちまった」

「なにを言いたいんだね、土崎さん？」

「こんなもんとは、無縁に生きていくはずだったんだ」

土崎が箱を開いた。拳銃。二挺《ちょう》あった。コルト・パイソンとガバメント。どちらも、新品同様に見える。

「あんたは嫌がると思ったんで、黙ってた。こいつを持ちこむにゃ、いろいろ苦労があってね。それでも、いまここにある。使えとは言わねえが、ここにあることは忘れねえでくれ」

「弾は？」

「二十発ずつぐらいかな。パイソンの方は、ハロー・ポイントだ」

先端に穴が抉《えぐ》ってある。命中すると、そこが拡《ひろ》がって、弾は躰の中に残る。ハロー・ポイントとは、そういう弾だ。先端が丸くなって合金を被《かぶ》った弾丸より、はるかに殺傷力は強かった。

私は、パイソンに手をのばした。銃身はそれほど長くない。二・五インチといったところか。握り具合はよかった。

「そっちを選ぶだろうと思ってたよ」

「別に。俺はオートマチックでも構わんよ。もともと、使うことはないだろうとも思ってるし」

「それでも、ここにあることは憶えておきなよ。これ以上、なにも言う気はねえが」

「わかってる」

「あんたにゃ、お嬢がいるんだ。それに、アメリカでやり直すことだって、できねえわけじゃねえ」

「自分から、死ぬような真似はしないさ」

私は眼を閉じた。

船のかすかな揺れ。私の心まで、揺れてはいなかった。

「眠るなら、自分のベッドへ行きなよ」

ベッドのスペースが、キャビンの隅にある。二段になるものが二つ。つまり四人の船客が乗れるというわけだ。

「そこの通りで、タクシーは見つからんだろうな」

「まあ、無理だな」

「泊《とま》っていくか」

「最初の晩から、外泊かね」

「うるさく言うやつがいるわけじゃない」

私は、ベッドを引き出し、毛布を二枚被って横たわった。

5　二人

最初のトラックが、ブルドーザーを運んできた。

土地は広大で、二つの山の谷間から拡がって海に開いている。山裾《やますそ》のあたりは、森や家が見えるが、海際のかなりの部分が、すでに造成されている。

私が借りたのは、道路に沿った三千坪だった。全体から見れば大したことはないが、場所が悪くなかった。

この土地を、地主がなぜ、貸す気になったのか、いまだに不思議だ。岡本が見落としたというのも、よく眺めれば単純に納得できることではなかった。

「早いとこ、均《なら》しちまってくれ。図面通りに、捨コンは打つことになってる」

トラックから降ろされたブルドーザーは、もう動きはじめていた。隣町から呼んだ土建屋だ。はじめは、この街で仕事をすることを嫌がっていた。どこにも、縄張りというやつはあるらしい。

三十分ほどして、もう一台トラックがやってきた。作業員を乗せたマイクロバスも到着した。

私が造ろうとしているのは、五棟の簡単な倉庫だった。大きさも大したことはないが、それでもかなりの物が入る。荷主と、長期の契約を結ぶ。岡本にとっては、私と荷主という二重の相手ができることになる。

土地を私の方が確保したというのは、相手の隙《すき》を衝《つ》いたようなものだろう。これからは、隙を見つけられるとは思えない。むしろ、こちらが攻撃される番だ。

クラクションが鳴った。

臙脂《えんじ》のポルシェだった。川中が首を出している。

「はじめたね」

「偵察かね、川中さん？」

「偵察？」

「それとも、御忠告にでもみえたのかな」

「通りがかりさ」

「野心に欠ける、と言ってた男がいる」

「誰だね？」

「キドニー」

「なるほどな。法律的な問題も、しっかりクリアしてあるわけだ」

「誰も、止められないぜ」

「そんな気は、もともとないさ」

　私は煙草に火をつけた。

「岡本が、明日この街へ来るそうだ」

「それを、俺になぜ？」

「伝言でもあるかと思ってね」

「よろしく、と」

「ほかには？」

「なにも」

「ひとつだけ断っておくが、俺は君と岡本の間に、なにがあるか知らん。知ろうとも思わん。俺は、俺の土地に使い勝手のいいヨットハーバーが造れればいい。つまり、それを造りたいんだ。俺の土地に、手は出さんでくれ」

「道路から海寄りには、関心はない」

「俺の土地が、俺の土地であるかぎり、俺はなにが起ころうと知ったことじゃない」

「それを、わざわざ？」

「通りすがりと言わなかったかな」

「憶えておくよ」

「君を敵に回したくない。なんとなく、そう思ってる」

「俺は、岡本の敵だよ」

「虫が好く。やり方も気に入った」

「これが？」

「岡本は、報告を受けて眼を剝《む》いただろうな。すごい剣幕で、俺に電話してるに違いない。夕方まで、俺はつかまらんがね」

にやり、と川中が笑った。一瞬、少年のような表情が顔をよぎった。

「まともに岡本と勝負して、どこまでやれるか見物させて貰うよ」

ポルシェが、エンジンの唸《うな》りをあげて走り去った。

川中は、パートナーのトラブルを愉しんでいるのかもしれない。漁夫の利というやつもある。ちょっとそう思ったが、川中のことはすぐに忘れた。

整地に、大した時間はかからなかった。もともと平らな土地だ。それに、大した建物を建てようというわけではない。

土台の下に打つ捨コンのための溝を、作業員たちはもう掘りはじめていた。

最初の襲撃は、マンションに帰ろうとしている私の車に対して行われた。

ダンプが、二台で私の車を挟みこんできたのだ。襲撃というより、威《おど》しといった方がいいのかもしれない。県道を、ずっと挟まれたまま走った。時折、後ろの車がつっかけてくる。そのたびに、私は右へハンドルを切った。対向車は少なくない。ちょっとした芸当だったが、クラクションを何度か浴びせかけられただけで済んだ。

街へ入ると、ダンプは姿を消した。

岡本は、相手が私であることを、マイアミの郊外で小さなレストランとホテルをやっていた日本人であることを、気づいただろうか。

気づいているなら、はじめから殺しにかかってきそうなものだ。

部屋に、男が二人待っていた。

「専門家ってのは、怕《こわ》いもんだ。鍵《かぎ》はちゃんとかかっていたはずだけどな」

「秋山さん。こっちは時間潰しをする気はないんだ。あんたの狙いを、教えて貰うわけにはいかないかな」

四十をいくつか越えたくらいの中年の男と、若い男のコンビだった。まるで聞込みに回っている刑事とでもいう感じだ。違うのは、たとえきのう借りたにしろ、私の部屋に無断で入っていることだった。

「狙いって？」

「あの土地に、倉庫を建てるそうだね」

「自分で借りた土地だよ」

「全体の計画というものがある。市も喜んで認めてくれた、あの土地の開発計画というやつがね。あそこに倉庫じゃ、市の方針にも反することになるんだがね」

「倉庫じゃなくても、俺は構わないよ」

「たとえば？」

「ラブ・ホテルとか、モーテルとか」

「話にならんね」

「じゃ、話なんかしなけりゃいい」

「やっぱり、金かね？　うまく立ち回ったと思ってるね」

「いくら、出す？」

「あんたがかけた費用の倍」

「二倍が百倍でも、俺はあそこを動くつもりはないよ」

私は煙草をくわえた。火をつける前に、黙っている若い男の方が、ライターを出してきた。デュポンのいいライターだが、連中のやり方と同じように、いまはもう流行らない。

「ここへ帰ってくる途中で、なにかあったんじゃないか？」

「威しも、俺にゃいらんよ」

「訊いてみただけさ」

「俺は、倉庫で商売しようと思って、この街へやってきた。ほかにどんな狙いもないが、倉庫ができなきゃ困る」

「それは、できるはずがないよ、秋山さん」

男が笑った。はじめて、下卑た表情が覗いた。

「大星開発は、たくさん土地を持ってるじゃないか。たった三千坪の俺のとこに、なぜこだわるんだね」

「場所として、大事なとこだ。あそこを押さえられてるのは、奥の三千坪を押さえられていることとは、まったく違う。入口を塞《ふさ》がれているようなもんだからね」

「いいのかね、そんなことまで俺に喋っちまって？」

「仕方がない。場所を見ればわかるだろうが、あそこは最初から買収工作をしていた。頑固な男でね。ついに首をたてに振らなかった。時間をかけて説得しようとしていたところだったんだ」

「こちらの言い値で、貸してくれたよ。売らなかったってのは、なにか事情があるんだろう。たとえば、大星開発が恨みでも買っているとか」

「どうなんだろうな」

男は、落ち着いていた。

私を威しきれると読んでいるのだろうか。殺気立った気配も、いまのところはない。後ろに立っている若い男が、どう動いてくるかだろう。試しに、私はちょっと横へ移動した。若い男は、素速く反応した。右手が、胸の内ポケットのあたりに一瞬のびそうになったのを、私は見逃さなかった。

「灰皿だよ」

「テーブルにあるじゃないか」

「そうだな」

私は、テーブルの灰皿で灰を落とした。

「犬みたいなもんでね。動けば、こいつも動く」

「それも、威しかね？」

「教えているだけさ」

「君らはすでに、俺の部屋に不法侵入してる。警察を呼べば、手錠をぶちこまれるな」

「威してるのかね？」

「教えてるだけだよ」

私が笑うと、男もかすかに笑った。

「秋山さんと取引できるのがなにか、明日までに知らなくちゃならん」

「岡本が来るからかね？」

「なぜ、それを？」

男の表情に浮かんだのは、好奇心の色に近かった。

私は、ゆっくりと煙草を灰皿で消した。

「カマをかけただけだよ」

男と視線を合わせたまま、私は言った。

「俺がやっていることの価値が、それで知れようってもんだ」

「個人で、大星開発にぶつかる。無謀としか言えないことだよ」

「そんな男もいる。あんたや岡本にゃ、それがわからんのかな」

「なぜそうなれるのか、訊きたい。これは個人的な質問だが」

「自分でも、わからんね。命など、もともとなかったものだと思いはじめてるよ」

「いつから？」

「さあな」

「怕くはないかね？」

「大して。時々、鳥肌が立っていることがあるがね」

「惜しいな」

「なにが?」

「殺してしまうのが」

「物騒なことを言うね。殺せるなら、やってみればいい」

「この若いのは、ほんとにやるよ」

「あんたがけしかければ、犬みたいにな。フロリダにも、よくそういうのがいたよ。そして、いつか犬みたいに死んでいく」

「フロリダ?」

「思い当たることでもあるのかね?」

男がちょっと横をむいた。なにか考えているような感じだった。グレーのスーツに地味なネクタイ。痩せていて、背は私と同じくらい高かった。

「半年前に、日本に戻ってきたんだ」

「半年?」

「フロリダには、いい思い出がなくなっちまってね」

「よくないな、秋山さん」

「なにが?」

「日本に戻ってきたことが」

「血が呼んだ。そんな感じだね。気づいたら、日本に立っていたんだ」

「帰る気は？」

「場所がない。どこにも、俺のいる場所はないんだ」

「わかった」

男が頷いた。

「今夜は、これで引き揚げよう。しかし、気をつけることだよ」

「ありがとう。なにに気をつければいいのかわからないが」

「門脇《かどわき》という者だ。N市の大星開発の責任者ということになってる」

「さきに名乗ってくれりゃいいのに。それが礼儀ってもんだよ」

「入り方が入り方だったんでね」

男が、かすかに笑った。

私のそばを擦り抜けて、玄関に出ていった。若い男も、大人しく付いていった。

6　船名

眼醒《めざ》めた。

七時を回っていた。外はもう明るくなっている。

昨夜二人の男が帰ってからも、私は玄関をバリケードで塞ぐような真似はしなかった。私を殺すことは、まだできないはずだ。連中が欲しがっているのは、私の命ではなく、私が握っている土地なのだ。私の命など、どうでもいいものだろう。

小さな冷蔵庫から、林檎《りんご》と牛乳を出した。皮のまま、むしゃぶりつく。ほかに、朝食になりそうなものは、冷蔵庫になにもない。

歯を磨く。顔を洗う。それはいつもと、なんの変りもなかった。髭を当たるのは、やめた。安見を東京に送り返してから、一度も当たっていない。

シャツの上に、革のジャンパーを着こんだ。ニューオリンズで港湾労働者の仕事をしていた時、空軍帰りのエドワードという男がくれたものだ。エドワードは、ワイオミングの家に帰る時、記念だと言ってこれをくれた。

それから私は、半年港湾労働者の仕事を続け、フロリダへ行った。十四年も前の話だ。エドワードには、それきり会っていない。

私はいま、あの時港湾労働者をしていた私と同じだった。ジャンパーは古びて、虫が食ったためかところどころ穴があいている。躰も、すっかり錆《さ》びついている。それでも、同業者相手に立回りをやったころの、私だった。

部屋を出た。

ブルーバードのワゴンが、うずくまって私を待っていた。

車のまわりを、ゆっくり一周した。変ったところは、なにもない。乗りこんで、エンジンをかけた。メーターの異常もない。走りはじめた。晴れた日だった。私は煙草に火をつけ、ラジオをかけた。好天は、しばらく続くらしい。工事は捗《はかど》りそうだ。

県道に、車は多くなっていた。朝のひと時、混む時間があるのかもしれない。岡本は、何時の列車でやってくるのか。それとも、車でやってくるのか。

ベンツ五〇〇のコンバーチブル。色は、菊子が望んだ通り紺にした。マイアミを走っていても、あの車は様になったものだ。目立ちすぎたのか。シートを血で汚して、菊子は人形のようになっていた。なぜだ。そう思った。いまも、思い続けている。

死んだ人間にしてやれることは、なにもない。それは、痛いほどわかっている。

煙草を、窓の外に投げ捨てた。街からはずれると、さすがに車は少なくなった。

工事現場には、誰も来ていなかった。ブルドーザーが二台置いてあるだけだ。捨コンを打つための溝。もう半分はできあがっている。今日じゅうに、ミキサー車何台分かのコンクリートは流しこめるだろう。

「早《はえ》えじゃねえか」

ブルドーザーのむこうから声がした。

「土崎さんか。人が悪いな、隠れたりして」

「俺は、ずっとここにいたさ。五時にゃいつも眼が醒める。船から歩いて、三十分ってとこだな」

「なにか、言いたいのか？」

「別に。工事がどんな具合か、見物させて貰っただけさ」

「こんな具合さ」

「手抜きもいいとこだぜ」

「倉庫だぜ。マンションやホテルを建てるわけじゃない」

「まあ、どこまでできるかわからねえ代物だ。そんなに手をかけることたあねえさ」

土崎は、厚いセーターの上にヨットパーカーを着ていた。

私と土崎は、ブルドーザーのそばに並んで立って、煙草を喫った。沖の海面が、光を受けて輝いている。水平線上に、船影が二つあった。

「むこうの親玉は？」

「今日、この街に来るそうだ」

「会うのかね？」

「わからん。むこうの出方次第さ」

「むこうは、あんたに会わんことにゃ、話にならねえだろう」

「いまのところ、札を握っているのは俺だ。どういうやり方で、それに手を出してくるか

だそう
だな」

「どうせ、汚ねえ手を使ってくるさ」

土崎が煙草を捨てた。まだ朝食前なのだろう。食事の後は葉巻と決めている男だ。

「そこの海岸、なかなかのもんじゃねえか。俺なら、そこにマリーナを造るがね」

「川中という男が、それをやろうとしている。自分の船を入れたいために、造るんだそうだ」

「プライベートのマリーナか?」

「まさか。かなり大きなものになるだろう。川中は、この街で大星開発の代理人もしている。もっとも、大星開発の事務所は、別にあるらしいがね」

「どういうことだ?」

「門脇という男が、責任者らしい。しかし、やはり川中だ」

「じゃ、川中って男が、当面の敵か」

「ところが、川中はマリーナにしか関心がないらしい。道路のむこう側の土地にさえ手を出さなけりゃ、見物を決めこむと言ってる」

「二つを潰して、てめえで得を取ろうって手合いか」

「そうとも見えなかったが」

川中の関心は、本当にマリーナにしかないように、私には思えた。午後六時に、ドライ・マティニー一杯の習慣を持つ男。どこか、生臭い話とはかけ離れているような気がする。

「歩いて戻るのか、土崎さん？」

「足から弱ってくると言うからな」

「そんな歳《とし》でもないだろう。車で送るよ。土建屋には、工事の手順は説明してあるし」

車に乗った。

マリーナは、街からさらに遠い場所にあった。川中が不便を感じるのも、わかるような気がする。自分の船のために、マリーナをひとつ造ってしまおうとする男。その方が、私の感じた川中とぴったり当て嵌《はま》る。

マリーナの駐車場に車を入れた。

見憶えのあるポルシェ。桟橋の方から、三人の男が歩いてくるところだった。

私は、臙脂のポルシェのそばに立って、三人を待った。

「よう」

川中の方が声をかけてきた。ウインドブレイカーの下に、厚いセーターをしっかりと着こんでいる。

「あの、『キャサリン』って船が、あんたのだな」

「中古さ」

「なかなかの船だ。船ってのは、生きてるもんさ。性格もあるし、運命だって持ってる。見りゃ、いいか悪いかぐらいはわかる。乗ってみりゃ、もっとわかるがね」

「川中さんのは？」

「あれだ。『レナⅢ世』。大きくはないが、速いぜ」

「わかるよ。ボルボのエンジンを二基積んでるやつだ」

「今朝は、まったく駄目だった。なにも食らいついてこなかったな。これぐらいの天気だと、魚は上にあがってるもんだが」

「まあ、ツキは天気と関係ないこともある」

ほかの二人は、藤木とバーテンだった。同じ酒場のグループ。フロリダでは、こういう連中は、大抵麻薬の密輸をやっていたものだ。証拠があがりそうになると、船ごと行方《ゆくえ》をくらまし、しばらくして人間だけが戻ってくる。

日本で、こういう船を密輸に使うとは、ちょっと考えられなかった。沿岸の警備も、かなりうるさいはずだ。

「きのうの夜、門脇さんが現われたろう？」

「君の指図か？」

「電話を貰った。あんたのことを、知ってるそうだ」

「俺の、なにを？」

「フロリダのことさ。俺は、門脇という男が嫌いじゃない。冷たくて、礼儀正しい紳士で、そのくせどこか破れてる。ひとつ忠告しておくが、門脇さんと岡本が、同じだとは考えない方がいい」

「大星開発の、責任者だろう？」

「下の連中のドジを、押しつけられてるだけさ。本業はこの街の不動産屋で、岡本に頼まれて責任者になった。ついこの間のことだ。君の土地が、すでに押さえられていることがわかって、担当のやつを飛ばしたんだ」

「俺の部屋の訪問の仕方は、紳士とは言えなかったね」

「平然と、君を殺すぞ。必要となればな。岡本とは、出身が同じで、数十年来の付き合いらしい。岡本の女房が、門脇さんの妹さ」

「なるほどね」

「妙に、あの人が好きでね」

「そんな男、時々いるもんだ」

私は煙草に火をつけた。土崎は、私の後ろにじっと立っている。

「どうだね、ここのマリーナは？」

「立地があまりよくない。近くの海域に暗礁もあるようだし」

「持ち主が、船のことをなにも知らん。商売の方も、別のことが面白くなっちまったようだ」

「それで、川中さんが新しく造ろうって気になったわけだ」

「みんな、笑うがね」

「わかるよ。なんとなく。川中さんの土地が、このあたりじゃ一番立地条件がいいだろうし。岡本がリゾートタウンを建設すりゃ、会員だって集まる」

「商売は、誰かほかのやつがやればいい。俺は、気持よく船を休ませてやりたいだけさ」

川中が笑った。笑うと、やはり少年のようだった。

「いつか、船に乗せてくれないか、秋山さん?」

「すべてが片づいたら」

「なにがどう片づこうと、船には乗れるのかな?」

「意味のありそうな言い方だな」

「岡本が、十時か十一時にはやってくる」

「それを、俺に言っていいのかね?」

「口止めされてるわけじゃない」

「なにも、起きはしないさ。いまのところ」

「いまのところ」

また川中が笑った。

藤木は表情を変えない。若いバーテンは、海の方を見て煙草を喫っている。

「いやなことが多すぎるよ、この街は。発展し続けているところだから、仕方ないとも言えるが。なんとなく、いやになってきたね」

「野心を持った男には、面白そうな街だ」

「何人も死んだ。刑務所に行ったやつもいる。野心がくれるものといや、その程度のものじゃないか」

川中が、ポルシェのドアを開けた。運転席に乗りこんだのは、若いバーテンだった。

「船の名前、変えた方がよくはないか、秋山さん。余計なお世話だが」

「すべてが片づいたら、考えてみるよ」

ポルシェのエンジンがかかった。ちょっと手をあげて、川中が乗りこんだ。藤木は別の車でやってきているらしい。

7　警告

工事は、問題なく進んだ。

私は、車の中で待っていた。工事に妨害が入るのを待っていたのか、岡本がやってくるのを待っていたのか、自分でもよくわからなかった。

夕方になり、作業員たちがマイクロバスで引き揚げた。私は、工事現場をひと通り見て回り、車に戻った。捨コンはほとんど打たれていて、いつでも土台のコンクリートのための枠を造る作業に入れそうだった。

車を出した。

しばらくして、尾行されていることに気づいた。凶悪な気配を感じさせる尾行ではない。ただ付いてくるだけだ。

私は自分のマンションの前を通り過ぎ、街の中心部へ入っていった。

夕方で、車が多くなっている。尾行車は、いつの間にか見えなくなった。尾行をやめたわけではないだろう。何台か間を置いて、付いてきているに違いない。

ビルの前で、車を停《と》めた。

宇野法律事務所。ノックすると、秘書の声が聞えた。すぐに、取り次いで貰《もら》えた。私はまだ依頼人だ。

「洒落《しやれ》たジャンパーだな。アメリカ空軍のもんじゃないのかな、それ」

「友だちが、記念にくれた。ずっと昔の話だけど」

「貫禄《かんろく》ってやつがある。しかし、なんの記念ですか?」

「友情の」

「ほう」

「一度、命を助けたことがある。そこにいれば、誰でも助けたというようなことだったけど。それでも、やつは恩に着てたようでしたよ」

「空軍帰りか」

「最後は輸送機だと言ってたな。本人は戦闘機に乗りたがっていたようだけど」

「まあ、誰もが場所を得るとはかぎらない」

宇野が笑った。

この間よりも、いくらか血色がよく、喋《しゃべ》るのも億劫《おっくう》そうではなかった。透析を受けた直後なのかもしれない。

「コーヒーでも。俺は、無駄な飲物はやらんことにしているけど」

「結構ですよ。世間話に寄ったわけじゃない」

「工事、はじめてるようですね。隣町の土建屋を使ったというのは、一応正解だった。この街の業者より、圧力をかけるには時間がいるだろうし」

宇野が、パイプに火を入れた。うまそうに煙を吐く。

「門脇という男、知ってますか?」

「会ったんですね。なかなかの男ですよ。あの男が、はじめから大星の責任者をやってたら、事情はまったく違ったはずです」

「威《おど》されましてね」

「平気でやるだろうな、それくらい。それで、もう臆病風《おくびょうかぜ》ですか」

「まさか」

「敵に回すと厄介な男だ。大星開発を敵に回すかぎり、やつも敵だな」

「ひとつ疑問がある。なぜ、門脇ははじめから大星開発に関《かか》わらなかったのかな？」

「折合いが悪いらしい。岡本と門脇というのはね。門脇の妹は岡本の女房なんだが、どうも、そっちもうまくいってないみたいだし」

「それが、いまになって出てきたのは？」

「義兄として、見ちゃいられなかったんだろうな。実際、それまでの大星の責任者は、無能と言ってもいいようなもんだった。これが、岡本の従弟《いとこ》かなにかに当たるやつでね。東京に呼び戻されて、どうでもいいような椅子《いす》に座らせられたらしい」

大星開発というのが、一族臭の強い会社であることは知っていた。岡本は、二代目を継いで六年近くになるはずだ。

「いま、岡本はこの街にいる。ホテルに入ったままで、門脇と密談を続けてますよ。多分、やり方で対立しているんだろうな」

「連中に、やりようがあるのかね？」

「法律的には、なにもない。俺がやった仕事ですよ。それ以外のことでのやりようは、いくらでもあるでしょうが」

「たとえば、俺を殺すとか」

「いきなり殺したところで、秋山さんの権利は誰が継承するかって問題になる。だから秋山さんと、まず貸借関係を作り、あの土地の権利を担保に入れさせて、それから返済不能に陥れる。その方法は、それこそいろいろあるだろうけど」

「なるほど」

私は煙草《たばこ》をくわえた。部屋の中の、パイプ煙草の匂《にお》いが強すぎる。

「川中は、高みの見物を決めこむつもりらしいな。それが、あいつにとっちゃ一番得な方法だし」

「会ったのかね、川中と？」

「いや。この街の情報は、ここにいてもなんでも入ってくることになってる。川中ってのは、争いは好まんタイプでね。そのくせ、いつも巻きこまれちまう」

私は、二度続けて煙を吐いた。パイプ煙草の匂いが、ようやく鼻から遠ざかっていった。宇野は、考える時の癖なのか、パイプを右手に握ったまま、ソファのアームレストに頬杖《ほおづえ》をついている。

「門脇について、少し話してくれないか」

「頑固な男さ。不動産について、悪どい商売をやったことは、多分ないだろう。その意味じゃ、紳士だ。だが、争いになった時は、全力でやる。工場誘致のころ、社宅を建設したり、街の中に社屋を構えたりするために、土地の奪い合いが起きた。門脇は、はじめからかなりの土地を押さえていたが、それに食いこもうとした連中がいた。それも汚ない手で。そいつらを、全部叩《たた》き潰《つぶ》してるね。潰したあと、そいつらが押さえていた土地も、自分のものにしてる」

「やりはじめたら、徹底するタイプか」

「まあ、そう思ってればいいだろう」

「川中と対立したことは？」

「ないね。川中ってのは、対照的な男さ。いつも、つまらん小さなものを守ろうとする。そのために、でかい闘いもやっちまう。結果として、得るものが大きい。本人は、それを狙《ねら》ってなんかいなくてもな」

「川中は、自分から手を出す男じゃないってことか？」

「門脇も同じだね。だからあの二人はぶつからない。第三者がぶっつけようとしても、それに乗るような玉じゃないし。対照的ってのは、裏返せば似てるってことだろう」

「なるほどね」

「今度のことだって、はじめから門脇が関わってりゃ、うまくは運ばなかったはずだ。手を出すと、倍のしっぺ返しが来てたと思う」

「わかった」

私は煙草を消した。宇野のパイプも、いつの間にか火が消えたようだ。

私が相手にしたいのは、岡本だけだった。岡本の前に壁があるなら、それにぶつかるのは仕方ないことだ。

「秋山さんがどういうタイプなのか、俺にゃまだわからん」

「わからせようって気もないよ。宇野さんには、法的なところをしっかり押さえて貰ってりゃ、充分だ」

「門脇とは、まともに対立しないことだ。理を尽す。そういうことには、弱いタイプでね。もっとも、秋山さんに理があればってことになるが」

「臆病風かね？」

「忠告ですよ。川中と門脇。この二人は触り方だ」

「川中とは、今朝マリーナで会ったな。あの男は、マリーナをヨットハーバーと言う悪い癖がある」

私は腰をあげた。

「宇野さん、夕食は？」

「せっかくだけど、俺は躰《からだ》の状態が普通の人と違ってね」

「とても調子よく見えるよ」

「透析を受けたのさ、今日」

「腎《じん》移植ってのは、割りに成功率が高いと聞いたけど」

「失敗もある。とにかく、人の臓器が躰に入るんだから」

「まあ、俺には病気持ちの人間の気持はわからないな」

「俺も、健康な時はわからなかった」

宇野が笑った。笑うといっそう眩《くら》い表情になった。ふと、少年のような川中の笑顔を思い出した。

片手をあげて、私は事務所を出た。

車を出す。一台付いてきた。二人乗っている小型車だ。なにか手を出すという気配はなかった。ただ、私の行動を見張っているだけのようだ。

シティ・ホテルの駐車場に車を入れた。

玄関にむかって歩いていく。小型車からも、二人降りて付いてきた。

私はエレベーターに乗り、最上階のレストランへ行った。窓際の席が、ひとつだけ空いていた。ジン・トニックとステーキを註文《ちゅうもん》する。三百グラムのレア。二人の姿は、レストランには現われなかった。

ステーキを半分ほど平らげたところで、門脇が入ってくるのが見えた。私は窓の外に眼《め》をやった。外は暗く、不精髭《ぶしょうひげ》を生やした私が窓ガラスに映っている。

門脇が近づいてきて、私のテーブルのそばに立った。

「デザートのコーヒーを、一緒にやっても構わないかね？」

「お好きなように」

「ありがたい。コーヒーをひとりでやるのかと思ってたとこでね」

「俺は、いつもひとりだよ」

「奥さんが亡くなってからか？」

「殺されてから、と言ってくれないか」

「それで、日本へ戻ってきた？」

「アメリカで商売を続けようって気がなくなった。そんなもんだろう」

私は、残りのステーキを平らげた。肉はそれほどやわらかくはないが、アメリカの量ばかりのステーキを食べ馴《な》れてきた私には、いい肉だと思えた。

「私と、十歳以上違うね」

「年長者に対する礼をとれ、とでも言いたいのかね」

「若いと言ってるだけさ。羨《うらや》ましいほどの食欲だよ」

サラダと、残りのパンも口に入れた。

ボーイが、デザートの註文を取りに来る。コーヒー二つと私は言った。

「ひどい話だ」

「なにが？」

「車の中で、殺されてたって話だが」

「気軽に言ってくれるね」

「同情なんてもんが、役に立つのかね？」

「いや」

「義弟が、あの時マイアミに行っていた。夫婦でだ。妹が、帰国してからその話を私にしたよ」

「だから？」

「フロリダにいた秋山という日本人。この間、思い出したよ」

「犯人は逮捕された。食いつめたキューバ難民さ」

「それで、終ったんだろう？」

「警察の捜査はな」

「捜査は、か」

「門脇さん、奥さんは？」

「いまは、独身でね」

「女房を殺される。これは男にとって、一番の侮辱じゃないだろうか」

「わからないよ、私には」

「そうだな」

私は窓の外に眼をやった。私の顔と重なるようにして、N港の明りが見えた。五万トンの貨物船が入る埠頭《ふとう》も、造られているはずだ。港から工場地帯まで、片側三車線の産業道路もできている。

「大きな街なんだな」

「人口は、二十万になろうとしてる。不動産屋には、まだおいしい街だね」

門脇が、スプーンでコーヒーを搔《か》き回した。カップとスプーンが触れ合う、カチカチという音がひとしきり続いた。私は、なにも入れずにコーヒーを口に運んだ。

「無駄かな」

「なにが？」

「警告がさ」

「コーヒーは、うまく飲みたいね」

「お互いにな」

門脇も、窓の外を見ていた。

私は煙草に火をつけた。それから、窓の外に眼をやった。

「明日も、晴れるね」

ポツリと、門脇が言った。星が出ているのかどうかは、よくわからない。海は静かなようだった。風も熄《や》んでいる。

8　レナ

その店に入ってみようと思ったのは、名前がひっかかったからだった。

街はずれにある、県道沿いの小さな店だ。客が入るのだろうかという感じだが、ボックス席は塞《ふさ》がり、カウンターのスツールも二つしか空いていなかった。

「バーボン・ソーダ」

「ターキーでいいですか?」

カウンターの中にいるのは、ちょっと疲れたような女だった。髪のせいかもしれない。

「この店の名前は、どういう意味だい?」

「さあ。オーナーがそのままにしとけって。別にオーナーがつけたわけじゃなくて、買った時からこういう名前だったらしいわ」

「川中さん?」

「御存知なんですか」

「顔を知ってる程度さ」

私は、バーボン・ソーダを口に入れた。まだ十時を回ったばかりだ。小型車は、相変らず私を尾行《つけ》てきた。仕掛けてくる気配は、やはりなかった。

「ドライブの途中?」

「いや。そういう客が多いのかね?」

「街の人が、ほとんどよ。このさきに、モーテルが何軒かあるでしょう。ここで待合わせたりしてね」

女が、舌のさきをチラリと覗《のぞ》かせて笑った。

「繁盛してるじゃないか」

「金曜の宵《よい》の口だけですよ。ひとりで、じっと波の音を聴いてることもあるんですから」

海際に建った店だった。窓のむこうは、もう砂浜のようだ。

「同じ名前の船に、川中さんが乗ってる」

「そうですか。それは知らないわ」

「彼の趣味かな、この場所は?」

「さあね。安く売りに出たのを、気まぐれで買ったんでしょう。あたしを雇ったのも、気まぐれ。もっとも、マネージャーがしっかりしてるから、誤魔化しはできないけど」

「藤木か?」

「よく知ってるじゃないですか」

私は、バーボン・ソーダを飲み干した。黙って、女はもう一杯作った。ボックス席の若い客は、集団で入ってきたらしく、賑《にぎ》やかに愉《たの》しんでいた。女の子が二人混じっている。

女が、ほかの客と喋りはじめた。

私は、カウンターから見える窓に眼をやった。店の中を暗くすれば、海が見えるかもしれない。いまは、鏡のように店内を映しているだけだ。

十時半を過ぎたころ、ボックス席の連中が出ていった。カウンターにいた二人も仲間だったらしく、客は私も含めて三人だけになった。

「熱海《あたみ》まで走るんですって。暴走族ってわけでもないんだけど、金曜の夜にはよく寄っていくわ。静岡あたりから来てるらしいの」

「ちょうどいい、ドライブ・インってとこだな」

「ほんとは、この程度なんですよ、客の入りは」

女がまた笑った。

手を入れたのか、窓と酒棚が真新しかった。全体が、古い朽ちたような建物なので、新しくした部分だけが妙に浮きあがって見える。

店の前に、車が停まった。

女が飛びこんでくる。残っていた客の若い方が、慌てて勘定を払った。外にタクシーを待たせてあるようだった。

「ついには二人ね」

残ったのは、中年の男だった。

私は時計に眼をやった。女が、私にちょっと眼で合図した。帰るな、と言っているようだった。なんとなく雰囲気を理解して、私はもう一杯バーボン・ソーダを註文した。

「ひとりになると、いやらしいことしたがるのよ、あいつ」

男がトイレに立った間に、女が耳もとで囁《ささや》いた。私がトイレに立った時は、同じことを男の耳に囁いているかもしれない。そうも思ったが、どうでもいいことだった。部屋に戻ったところで、ベッドに潜りこむだけだ。

女が、ミュージックテープを、シャンソンに替えた。暗い唄声《うたごえ》が、店の中に満ちた。アメリカでは、特にフロリダあたりでは、滅多に耳にしない曲だ。日本を出るころ、私はよくこういう曲を聴いていた。

大学を卒業しても、就職口があるわけではなかった。学生運動による二度の逮捕歴は、私にまともな就職を諦《あきら》めさせるのに充分だった。それよりも、前歴を隠したりすることが面倒だったのだ。

学生運動も、思想があってやったわけではない。ただなにかを持て余していた。エネルギーの捌《は》け口だったと言っていいだろう。それでも、四年経《た》った時は、疲れていた。アメリカという国に、魅力を感じたわけではない。なんのきっかけもなく、航空券を手に入れた。アルバイトをした金の使い道がなかった、ということだったのだろうか。

デモでは、糾弾《きゅうだん》の対象になるのは、アメリカだった。そのアメリカに渡って、小さいながらも成功したというのは、皮肉といえば皮肉なことだった。

「シャンソン、嫌い？」

「いや」

「なにか心がふるえてさ。それで、ひとりの時はよくかけるの」

「いいじゃないか。海辺の一軒屋に、似合ってないこともない」

「暗いって言われるわ」

女は、きれいな顔立ちをしていた。化粧をすると、客を呼ぶだろうと思わせるような顔立ちだった。ほとんど化粧っ気がないのは、なにか理由があるのか。爪《つめ》には、きれいにマニキュアが施されている。

「酒、くれんかね」

「駄目よ、もう帰りなさい」

「酒、もう一本でいいんだがね」

中年の男は、女の方を見ずに言っていた。

「運転するのにさ、そんなに飲んだくれてどうすんのよ」

「モーテルに泊まりゃいいでねえの」

「相手がいるの、あそこは」

「捜してんだがね」

「頭、割られたい？」

男が黙った。銚子《ちょうし》を逆さまにして、ちょっと悲しそうな表情で天井を仰いだ。

「俺は、毎週ここで飲んでんのによ」

「それで？」

「車、運転してここまで来てんのによ」

「頼んだわけじゃないでしょう」

「金も払うって、言ってんじゃねえか」

「それが気に食わないの。あたしは商売女じゃないんだから」

「愛してるって言や、ただでやらせるってのか？」

「そこまでにしといてよ。あたしは気が長い方じゃないんだから」

「やさしくもねえしな」

男が腰をあげた。足をフラつかせている。男が出ていく間、女は横をむいていた。

「酔うと、駄目になっちゃう人でね。はじめは扱い方がわからなくて、あの調子でやられた時は困ったもんよ」

「そんなに悪質ってわけでもないな」

「だから、飲ませてんの」

女が、カウンターの銚子を片づけた。まだシャンソンが流れ続けている。

「ここで、ひとりで商売ってのは、なかなか度胸がいるもんだろう？」

アメリカなら、三八口径をカウンターの下にしのばせているだろう。

「二階に住んでんですよ、あたし。わりと平気でしてね。子供のころから、ずっとひとりだったから」

「この街の人かい？」

「いえ。流れてきたんですよ。男を騙《だま》しながら、流れ歩いてるってわけ」

捨てられた女の悲しみ。語りかけるように流れているシャンソンは、そういう内容だった。女が、髪を気にして両手で梳《す》いた。首筋の白さから、私は眼をそらした。

「化粧ぐらいしたらどうだって、よくお客さんに言われるの」

「マニキュアはしてるじゃないか」

「そこがアンバランスでしょう。そういうのが、あたし好きなんですよ。上から下まできれいにするよりね」

私は、グラスに残った酒を飲み干した。

「お帰りですか？」

「ああ」

女は、別に止めようともしなかった。三千二百円。小声でそう言っただけだ。

外へ出た。車。なにかがおかしかった。傾いている。右の前後のタイヤが、ぺしゃんこになっていた。

しゃがみこんで、私はタイヤを点検した。パンクしているわけではなさそうだ。空気を抜かれてしまったらしい。

私は、店の中に引き返した。女は、カウンターのスツールに腰かけて、シャンソンに耳を傾けていた。

「悪いが、タクシーを呼んでもらえないか。車のタイヤが駄目になっちまってる」

「あら、どういうこと？」

「わからんが、空気が抜けちまってるんだ。タクシーが来るまで、俺は外で待ってるから」

私はドアを閉め、車のそばに立った。

「お客さん、もう一杯飲んでったら。三十分ぐらいかかるってよ」

「いいよ。ここで待ってる」

「別に飲まなくたっていいわよ。中で待てばいいじゃない」

「いいんだ。俺のことは気にしないでくれ」

私は、車のそばから動かなかった。

尾行《つけ》てきた小型車はどうしたのか。道路に出てみたが、それらしい姿は見当たらない。

煙草に火をつけた。夜の風の冷たさが、躰にしみこんでくる。ジャンパーのジッパーをあげた。下はシャツ一枚だ。

ライトを消した車が、駐車場に入ってきた。あの小型車ではない。エンジンの音も静かで、排気量はずっと大きそうだった。

「よう、旦那《だんな》」

車の中から声をかけてきた。

「パンクしちまったのかね」

「いや」

大きなアメリカ車だった。ボディの白が、『レナ』の看板を照り返している。

「乗らねえか。送ってやるよ」

「いや、いい」

「遠慮すんなよ」

助手席から、ひとり出てきた。

「困ってる時は、お互いさまじゃねえか」

男が近づいてくる。私は身構えた。

「なあ、旦那。こっちにも話があることだしよ。車に乗らねえか」

「柄が悪すぎるよ、この車は」

「じゃ、ここで話すしかねえか」

男の手が、ジャンパーの襟《えり》もとにのびてきた。ふり払う。その瞬間、男の足が躍った。油断してはいなかった。男の足は、車のボディを蹴《け》りつけただけだ。

「舐《な》めた真似《まね》はやめときな、旦那」

拳《こぶし》。上体でかわした。足は、もうかわしきれなかった。下腹に食いこんでくる。後ろからも、蹴りつけられた。もうひとり降りてきたようだ。

「挨拶《あいさつ》代りだ。そう思ってくんな」

後ろの男だった。私は、腹を両腕で庇《かば》った。顎《あご》に拳が飛んでくる。腰を落とした。立ちあがれば、なんとかできる。ひとりを担ぎあげ、もうひとりに投げつける。それくらいはできそうだ。

私は立ちあがらなかった。挨拶というのは、まず受けてみるものだろう。靴。躰に食いこんでくる。海老《えび》のように背中を丸め、こめかみと後頭部を腕で庇うしかなかった。

「立ちなよ、おっさん」

二人とも、若かった。二十五になっていないだろう。襟首をつかんで、引き起こされた。

「でかい顔《ツラ》、しちゃいけねえぜ。この街はよ、ちょっとばかり荒っぽいんだ」

右側の男。痩《や》せて、鼻筋がすぐ潰れそうな顔をしていた。背は高い。もうひとり。やはり痩せている。そいつのパンチの方が、はるかに重かった。

「これぐらいで、ぶっ倒れんじゃねえよ。でけえ図体《ずうたい》してよ」

続けざまに、ボディにパンチがきた。うずくまろうとするところを、抱き止められた。顎。まともに食らったので、一瞬視界が暗くなった。

「なんでやられんのか、説明しなくてもわかってるよな」

「この街はよ、よそ者がでけえ顔《ツラ》しちゃいけねえの」

「これでも、手加減はしてやってんだぜ」

「殺すなって言われてっからな」

腹の真中に、靴が飛んできた。

胃の中のものが、噴き出していった。

「野郎、やりやがったな」

背の高い方のズボンを、ちょっと汚したようだった。蹴りがまともに腹に入ればどうなるか。それも考えないで蹴りつけてきたようだ。

顔に続けざまにパンチがきた。頭の芯《しん》までは響かなかった。

「ちっとはこたえたか」

膝《ひざ》が折れた。抱き止めていた男が、手を放したようだ。駐車場の小砂利が、頬《ほお》に食いこんでくる。

「のびてやがるだろう、こいつ」

「もう二、三発でやめにしとけや。挨拶はこれぐらいでいい」

　大した挨拶ではなかった。

　私は躰を丸くして、最後の三発の蹴りを受けた。

「兎《うさぎ》をぶん殴ってるようなもんだな」

「まあな。放《ほ》っといても大丈夫だろう。おまえ、店の女に釘《くぎ》さしてこい。警察に言っちゃなんねえってな」

「わかった」

　砂利を踏みにじる音がした。

　倒れたまま、私はじっとしていた。岡本の挨拶。こんなものか。私を甘く見ているのか。それとも、ほかになんの方法もないのか。

　車が走り去っていった。

　しばらくして、私は上体を起こした。

「大したことないみたいね」

　女がそばに立っていた。私は、砂利の上に座りこんだまま、煙草に火をつけた。口の中が切れているのか、唇を動かすと痛かった。

「鼻血だけでも、中で拭《ふ》いたら」

「そうさせて貰うか」

腰をあげた。全身に痛みが走った。

「歳《とし》だな、もう」

「恨みでも買ってんの、あいつらに？」

「いや、はじめて会う連中だ」

「チンピラよ。相手にしなかったのは利巧《りこう》だったわ」

「躰が動かなかったのさ」

「そうも見えなかったけど」

店の中は、まだシャンソンが流れていた。女が、カウンターに入って、濡《ぬ》れたおしぼりを差し出してくる。

「暗すぎるな」

「この曲？」

「ジャズでもありゃいいのに」

「あるわ」

女が音楽を止めた。

不意に、波の音が聞えてきた。

9 穴

マンションに帰りつくまで、小型車は尾行を続けてきた。アメ車の二人に殴られたところも、黙って見ていたのだろう。気味の悪い連中だった。

私は、冷たいシャワーを使った。腫《は》れて熱を持っている部分は、いくらか疼《うず》きがおさまった。ついでに、躰の芯まで冷えきった。

バーボンに口をつけて、ラッパ飲みした。胃が灼《や》け、寒さが一瞬遠のいた。ベッドに潜りこんだ。

いつの間にか、眠っていた。眼醒《めざ》めたのは、まだ外が暗い時間だった。午前五時。

冷蔵庫を開けた。林檎《りんご》がひとつだけ残っていた。むしゃぶりつく。口の中がしみた。それにも、しばらくすると馴れた。

躰の痛みは、なぜか快いものだった。林檎を齧《かじ》りながら、私は何度か背筋を後ろに反らせたり、腰を回転させたりした。

躰が、完全に眼を醒ました。

私は服を着こみ、煙草をくわえてベランダに出た。風が吹いている。山の方から吹き降ろしているせいか、潮の香りはまったくしなかった。

電話が鳴った。

「早いね、まったく」

「あんたも、起きてたみたいじゃねえか」

土崎の電話は、船からではなく公衆電話からのようだった。

「夜中に、大工事やったのかね？」

「というと？」

「捨コンを打った溝、全部埋められちまってるぜ。さっきまで、十人ばかりがブルドーザーを動かしてたよ」

「うちの工事をしてる連中かね？」

「いや、この街の土建屋らしいな。ブルも別に持ってきてた。もう行っちまったがね」

「掘るより、埋める方が早くできるもんだ」

「暢気《のんき》だね」

「土崎さんも、止めずに眺めてたんだろう」

「まあな」

「きのう一日、工事ができたのが、おかしなくらいだよ」

「とにかく、知らせとこうと思ってな」

「早起きの年寄りがいると、助かるね。わざわざ見にいくこともないし」

電話を切った。

予想していた通りだった。ほんとうは、ブルドーザーを入れた段階で妨害が入ることも覚悟していたのだ。

私は、押入れから軍手をひとつ出して、ジャンパーのポケットに突っこんだ。

下に降りていく。借りていた、有料駐車場。二トン積みの小さなトラック。レンタカーではなかった。中古車を買ったものだ。

荷台には、スコップが二本放《ほう》りこんだままだ。

トラックを出した。車は、まだ少なかった。ヘッドライトが、濡れたような色の路面を照らし出す。

すぐに、現場に着いた。人気はない。荷台からスコップを担ぎ出し、土の上に突き立てた。土には、ブルドーザーのキャタピラの跡が、縦横に刻みこまれている。それもまだ、懐中電灯の光の中で見てとれるだけだ。

明るくなるのを待った。じっと立っていると寒かったが、エドワードの革ジャンパーは、風をしっかりと遮っている。

水平線の一部分が、明るくなってきた。

私は、埋められた溝を、もう一度掘り返す作業にとりかかった。六十センチほどの深さのところに、捨コンを打ってある。土はまだやわらかく、掘り返すのにそれほどの困難はなかったが、ひとりでやるにはいかにも広すぎた。

「よう。御苦労なこったな」

　土崎だった。

「トラックが来たんで、また連中かと思った。溝を掘りはじめたんで、たまげたぜ」

「ずっと見張ってたのか、土崎さん？」

「まあな。やることたあねえし」

「手伝おうって気には、ならないのかい？」

「ひとりでやろうが二人でやろうが、同じじゃねえか。つまり無駄ってことよ。そんなこたあ、ひとりで充分じゃねえかよ」

「もうしばらくすると、土建屋の連中がやってくる。土日も休まずに突貫工事をやる契約になってるからな」

「なんで、そいつらを待たねえんだね？」

「じっとしてるのも、寒いからな」

「来ねえかもしれねえ。そう思ってんだろうが。だからトラックもスコップも、自分で用意した」

「いろんな可能性は、考えてあるさ」

　私は煙草に火をつけた。県道を行く車の数が、ようやく増えはじめている。

「ひとつ頼まれてくれないか」

「穴掘りはごめんだぜ」

「この道を真直《まつす》ぐ行って街を突き抜けたところに、『レナ』って店がある。海際の一軒屋だから、すぐにわかるよ。そこにレンタカーを置きっ放しにしちまった。タイヤの空気が抜けたんでね」

「それを取ってこいってわけか。その顔、そこでやられたな」

「まあな。大したことじゃなかった」

「で、タイヤの空気は入れとくのかね」

「でなけりゃ、どうやって動かすんだよ」

「ま、別の目論見《もくろみ》でもあるんじゃねえかと思って、訊《き》いてみただけさ」

「ないね。そのトラックに乗っていかないでくれよ。俺が動きがとれなきゃ困る。どこかの公衆電話から、タクシーを呼んでくれ」

「勝手なこと言いやがって。電話のあるところまで、一キロは歩かなけりゃならねえんだからな」

言い捨てて、土崎は歩きはじめた。

私は煙草を捨て、また溝を掘りはじめた。

八時を過ぎても、土建屋の連中は現われなかった。岡本の手が回ったのだろう。目腐れ金で、引受けた工事をやめてしまうような連中なら、いない方がましだ。

溝を掘り続けた。七、八メートル。そんなところだ。躰の痛みは、もう感じない。掌《てのひら》の豆が潰れて、痺《しび》れるような感じがするだけだ。革ジャンパーは、とっくに脱ぎ捨てていた。シャツは搾《しぼ》れるほど濡れ、顎のさきからは汗が滴り落ちている。

クラクションが鳴った。

土崎だった。助手席に、『レナ』の女が乗っている。

「あんたに頼まれて取りにきた、と言っても信用して貰えなくてな。ここまで付いてきちまったよ」

「きのうは、どうも」

私は片手をあげた。

女が、車から降りてきた。

「なに、これ？　花壇《かだん》でも造ろうって気？」

「倉庫をおっ建てようってわけさ。作業員が来てねえとこを見ると、ひとりでやる気みたいだな」

「倉庫って、物置みたいなもの？　それにしても、ここの土地」

「俺が、借地権を持ってる」

「あ」

「なんだい?」

「大星開発に一杯食わせたって、あんたのことだったの」

「むこうが、食わされたと思ってるならな」

「それで、チンピラにやられたりしたんだ」

「やられたうちにゃ入らんさ」

女は、淡い藤色のワンピースに、紺《こん》のカーディガンを羽織っていた。それでも寒そうに襟を掻き合わせている。

「無茶な男ね」

「そうかな」

「ひとりで、どうしようって気よ。それとも、金儲《かねもう》けがしたいってわけ?」

「好きなようにとってくれよ」

「金儲けじゃないよね。金を儲けるつもりの男が、朝っぱらから手を血だらけにしながら、穴を掘ったりはしないわよね」

「掘った穴を埋められた。それでもう一度掘り直してるだけさ」

「ひとりで」

「ドン・キホーテかな」

「言っちゃ悪いけどね。あたし、よその不動産屋が、横槍《よこやり》を入れてきてるんだと思ってたわ」

「話題になってるのかね、かなり？」

「ここのとこね。大星開発の責任者が、飛ばされたりしたでしょう。うちの社長も、大星と関係あるみたいだし」

　女が煙草をくわえた。土崎がジッポの火を出してやっている。

「どうしようもねえ男だろう、な」

　笑いながら、土崎が言った。

　私は、またスコップを手にとった。捨コンが剝《む》き出しになるまで掘っていく。全部を掘り尽すには、一週間以上かかりそうだ。

「車、どうすりゃいいんだね？」

「土崎さんが乗ってりゃいい。手はじめに、このママさんを店まで送り届けてくれよ」

「そりゃ、なんでもねえことだが」

「俺は、ここを掘り続ける。もうひとつ頼みがあるよ。土地を柵《さく》で囲いたいんだ。杭《くい》を打って、針金で囲う。その材料を用意しといてくれないか」

「正気か？　むこうはブルで穴を埋めちまうんだぞ。針金の囲いが、なんの役に立つんだよ」

「俺のところだと、ほかの人間に知らせてやることになる」

「なに考えてんだね。俺にだけは、ほんとのことを喋っちゃくんねえか？」

「とにかく、その女《ひと》を送ってくれ」

土崎が頷《うなず》いた。

私はもう、二人の方は見なかった。

穴を掘り続ける。固まった土ではない。要領を呑《の》みこむと、面白いように進んだ。

二十メートル掘るのに、ほぼ半日かかった。

躰は、疲れきっている。午後も同じペースで掘れるかどうか、わからなかった。一棟の倉庫の、横は四十メートルある。ようやく縦の一辺を掘ったにすぎなかった。

土崎が、杭になる棒を四、五十本と、針金の山をどこからか仕入れてきた。なんとか、倉庫の土台を大きく針金で囲えそうだ。

針金を降ろすのを手伝うと、土崎は馬鹿らしくなったのか、船へ戻っていった。

私は、午後一杯をかけて五十本ほどの杭を打ち、針金で繋《つな》いでいった。囲いらしいものが、なんとかできあがった。

暗くなりかかったころ、トラックに乗って部屋へ帰った。

夕食は、途中のスーパーで買ってきた、パンと牛乳だった。

熱いシャワーを浴びた。

出てくると、躰を拭くのもそこそこに、ベッドに潜りこんだ。

翌日、眼醒めたのは七時過ぎだった。

昨夜の残りのパンを齧りながらトラックを運転し、工事現場へ行った。

杭が全部引き抜かれていた。

それを元通りにするのに、午前中かかった。土崎が一度様子を見にきたが、呆《あき》れたような顔をしてすぐ戻っていった。

穴を、さらに二十メートル掘った。五棟の倉庫の土台の長さは、全部で三百六十メートルある。九分の一を、二日かけてようやく掘ったことになる。

夕方、陽《ひ》が落ちかかると、私は敬虔《けいけん》な農夫のように、自分の部屋に引きあげた。

疲れは、前の日ほどひどくはなかった。

押入れのスーツケースから、荷物をひとつ出した。

梱包《こんぽう》を解き、二時間ほど、それをいじくることに熱中した。

10　爆破

月曜日だった。

工事現場の柵も穴も、元のままあった。

私は穴を掘り進めた。

川中のポルシェが道端に停まったのは、私がパンとコーラだけの昼食をとっている時だった。

「たまげたね。ひとりで掘ったのかい」

「あと二日で、一棟分の穴は掘り終える」

「本気か、おい。また埋められるぜ」

「誰に？」

「誰かにさ。誰とは、俺の口からは言いにくいね」

「馬鹿にされてるだろうな」

「というより、君の目的がわからんというところだろう。岡本は、君に会うことを中止したみたいだしな」

「ほう」

私は、最後のパンを口に押しこむと、温《ぬる》くなったコーラで胃に流しこんだ。

「どこから見ても、日雇のおっさんだな」

「俺には、俺のやり方がある」

私は、煙草に火をつけた。この三日、煙草の量は極端に減っている。

「俺も、忠告しようって気はない。この土地を生かそうと思うなら、岡本と交渉しているだろうし。馬鹿なことをやるにゃ、それなりの理由があるもんだ」

「君の土地に、手をつけちゃいないぜ」

「見りゃわかるさ」

「そうかね」

「どうも、岡本と門脇が対立してる気配だ。君に、尾行がついてたろう?」

「岡本か?」

「いや、門脇の方だ。『レナ』の前で襲ったのが岡本だろうと、門脇は考えてるみたいだな。チンピラを使ってさ。秋子《あきこ》から俺も聞いてるよ」

「秋子?」

「変った女でね。客に人気があったのに、事務の方に回りたいと申し出てきた。『レナ』を半年やれれば、回してやろうってことになってる」

「シャンソンが好きなんだな」

「社員のことを、あまり調べたりはしない。そういうことが、好きじゃないんでね。藤木が、気を回して調べやがった」

「なぜ、彼女はシャンソンが好きなんだ」

「一年前まで、東京のクラブで唄《うた》ってたらしい。やめちまった理由は、わからん」

「御多分に洩《も》れずってやつじゃないのか」

「男か?」

「ほかに、なにがある」

「亭主とは、三年前に別れてるよ。バンドマンさ」

「ありきたりの話だな」

「人生なんて、大抵はありきたりのもんだ」

「なんで、俺に彼女のことを話す？」

「なんとなく、似てるよ」

「俺と、彼女がか？」

「うまくは言えんがね」

川中が、白い歯を見せて笑った。

私は煙草を消し、腰をあげた。軍手をして、スコップを手にとる。

「チンピラに、あっさりやられる男とは思えんがな」

「俺のことは、放っておいてくれ。君の土地に手を出してるわけじゃない」

「まったくだ」

川中が、また笑った。

私は、川中から眼をそらし、穴を掘りはじめた。

しばらくして、ポルシェの派手なエンジン音が聞えてきた。

部屋に戻ったのは、九時過ぎだった。

港のそばの食堂で、港湾労働者に混じって夕食をとってきたのだ。私の胃は、ホテルの上品なステーキより、肉体労働者たちのボリュームのある食事を欲していた。気分も、そうだった。

ニューオリンズの港で働いていたころ、私はくる日もくる日も、ハンバーガーだけを食っていた。ハンバーガーとポテトチップ。それで充分だった。

うまいものが食いたいと思うようになったのは、いくらか生活に余裕ができてからだ。私は、金をいくらか稼ぐと、街の中のレストランを食い歩いた。エドワードと別れたのは、そのころだ。空軍のジャンパーを着はじめた私は、その恰好《かっこう》だけで軍隊から帰ったのだと思われた。そう思われることは、南部の町では不利なことではなかった。

フロリダへ行こうと考えたのは、魚介のレストランをやってみたかったからだ。はじめは、浜で海老を焼いた。その海老を私に卸してくれたのが、キーラーゴの漁師の土崎だった。

土崎が、なぜアメリカで暮しているかということは、一度も訊いたことがない。土崎も私に訊かなかった。

やがて、私はマイアミとキーラーゴの中間点あたりに、小さなレストランを開いた。せっせと金を溜《た》めこんだが、マイアミの市内にも、キーラーゴの街にも、店を出すことはできなかったのだ。キーラーゴは、マイアミから南へ八十キロほどのところにある。

運がよかった、というしかないだろう。マイアミからもキーラーゴからも、大した距離ではなかった。日本ふうの味つけも受けた。車でひとっ走り食事に来る連中が増えたのだ。それまでどうでもよかった成功というものが、手に届くところに見えた時、私は必死になりはじめた。

日本人の女と結婚したのも、そのころだった。勤勉だった。菊子も私も、あのあたりにいるキューバ人やメキシコ人の、二倍は働いたと言っていいだろう。やがて、女の子が生まれた。菊子は、日本から持ってきた万葉集の解説書を持っていて、女の子にそこから安見という名をとってつけた。

家は、キーラーゴにあった。海辺の、小ぢんまりとしたコロニーふうの建物だった。安見が三歳になったころ、庭にプールも造った。

私は、レストランをマイアミの市内にも出し、最初にはじめたレストランの場所には、洒落た小さなホテルを建てた。

それだけのことだった。アメリカに渡った小さな成功者。それで、平凡な一生を終えたはずだったのだ。

日本の企業が、なぜか私のホテルがある一帯を、買収にかかってきた。マフィアを使った悪どい手口で、周囲の土地の大部分は買収されていった。それに応じなかった、数人のひとりが私だった。

　なぜ、岡本という男がやってきて、あのあたりの土地に固執したのか、いまも私にはわからない。菊子が殺された時に、私は家族を巻き添えにして闘うことの怕《こわ》さを、骨身に沁《し》みて知らされたのだった。

　安い価格で、買収に応じた。マイアミのレストランとキーラーゴの家は、まあまあの値で売れた。

　私のホテルのそばで、釣船と酒場をやっていた土崎も、買収に応じないひとりだった。土崎の船は燃やされ、酒場は毀《こわ》された。菊子が死んだ時、土崎も諦めたのだった。土崎に残ったものは、ほとんどなにもなかった。

　日本へ引き揚げるという私に、土崎は黙って付いてきた。岡本への復讐《ふくしゅう》。土崎がそれを考えたのかどうか、わからない。もともと、船さえあればなにもいらない男だ。

　ベッドに入った。

　躰の痛みは、すっかり消えている。筋肉の疲労が、かえって快いくらいだった。ベッドに倒れこむと、すぐに眠りに落ちる。

　電話が鳴っていた。

　私は時計を見、それからのろのろと受話器に手をのばした。午前五時。土崎の朝の散歩は、もうはじまっているだろう。

声は、土崎のものではなかった。

「秋山律《りつ》さんですね？」

私はベッドの中で起きあがった。

用件を聞き、すぐに行くと答えた。

シャツの上に、革ジャンパーを羽織る。

大した事件ではなかった。怪我人《けがにん》が何人か出たくらいだろう。

トラックを飛ばした。車はほとんどいない。

私の工事現場は、いくつかのライトで照らし出されていた。

ブルドーザーが一台、焼けてまだ煙をあげていた。ほかには、警察関係者の姿があるだけだ。針金の囲いは、杭が抜かれて倒されている。

「秋山さん？」

近づいてきたのは、私と同年輩の男だった。手帳をチラつかせ、私を車のそばまで引っ張っていった。

「なにが、起きたんですか？」

「ほんとに、知らんのかね？」

「ブルドーザーが、燃えたことはわかるが」

「あれは、あんたが？」

「まったく知らない。きのうの夕方、俺がここを出た時は、あんなものはなかった」

「ほんとかね？」

「嘘《うそ》を言って、どうなるんだ」

「わかった」

男が、煙草をくわえた。朝の出動にうんざりしたという表情で、手を首にやって欠伸《あくび》をした。

私は、ジャンパーのポケットに手を入れた。煙草を忘れていた。

「爆発した。ブルドーザーがな。それから燃料に引火して燃えた」

「なぜ？」

「それは、いまから調べる」

「俺の土地に、なぜブルドーザーがあるのかも、調べて貰いたい」

「問題の土地だもんな」

「どういう意味だ？」

「別に。厄介なことになりそうだと、みんなが思ってたってくらいの意味さ」

「俺も、ここを借りてから、かなり厄介だと思いはじめたよ」

男が煙草を差し出してきた。私は受け取らなかった。

「あんた、毎日ここで穴を掘ってたそうだね。きのうも、そうだったんだろう？」

「ああ」

「なぜ？」

「工事を頼んだ業者が来てくれない。やることがほかにないんでね、穴を掘ったってだけのことさ。もともと、基礎工事のために掘ってあったところを、誰かに埋められちまった。そこを掘り返してたんだ」

「なにを建てる、こんな場所に？」

「倉庫」

「しかしな」

「ここで、大工事がはじまるって噂《うわさ》だった。資材とか機械とか、入れておくところがいるはずだ。さきを読んだつもりだがね」

「ひとりで、建つはずもないだろうが？」

「いずれは、業者に頼むよ。いまのところ、なぜか引受けてくれるところがない」

男が、地面に煙草を投げ捨てた。

「この街の状況を、知らないわけじゃないんだろう？」

「はじめは、知らなかった。土地を借りてから、いろいろ複雑なことがあるんだと知らされたよ。せっかくの基礎工事を埋められちまったのも、それが関係あるからだと思う」

「ふうん」

怪我人はどうしたのか。自分たちで運び去ったのか。救急車がやってきた様子はない。歩き回っている警官も、どこかのんびりしていた。

「この街のことは、新聞でも騒がれたがね」

「いつ？」

「去年の秋だったかな」

「一年も前か。俺は半年前、アメリカの事業を畳んで日本に戻ってきた。その前のことは、ほとんどわからないな」

「針金で柵作ったの、アメリカ式かね？」

「まあな。俺が権利を持っている土地だから。あんまりおかしなことばかり起きるなら、ここに小屋を建てて住もうかと思ってる」

「まあ、大事件は起こさないでくれよ」

「どういう意味かな」

「こっちも、結構忙しくてね。これ以上、走り回らされるのはごめんってとこだ」

男が笑った。刑事らしい、口もとだけの笑いだった。

「帰っていいのか？」

「調書を取る。ちょっと時間を貰えないか」

「俺から？」

「あんたの土地で起きたことだよ」

「起こした連中は？」

「見つからん。まあ、ブルドーザーの所有者は割れてるが」

「俺以外の連中が、ここでなにをしていたか。それを調べるのが、仕事じゃないかな」

「調べるさ。関係者はみんな調べる」

「宇野という弁護士がいる。その男を、立ち合わせるよ」

「宇野ねえ」

刑事が首をひねった。

「うるさい男を選んだもんだぜ」

「好きじゃないみたいだな」

「まあな。弁護士さんについて、悪口を並べる気はないが」

私は、男と一緒に車に乗りこんだ。

運転しているのは、若い制服の警官だった。

11 洋上

警察署を出たのは、午前十時過ぎだった。

同じことをくり返し訊かれ、ほんのわずかな調書を取っただけだった。

「ブルドーザーが爆発するとはな。しかも大星開発と関係ある業者のもんだ」

「俺は、被害者だろう？」

「微妙なところだ。被害に遭ったのは、ブルドーザーだし。とにかく、新聞は大喜びするだろうよ」

「俺の土地で、勝手なことをしてくれたもんだ」

「弁護士には、全部喋ってくれよ」

「考えてた」

「なにを？」

「どうすりゃいいかをさ。毎日、穴を掘りながら、考えてた。それが、この事件だ」

「まわりが動きはじめた、と言いたいのか？」

「動いてるよ。先週の金曜には、チンピラに挨拶されたし」

「ふうん」

「大した挨拶でもなかった」

「川中は？」

「俺が穴を掘ってるのを、一度見物に来たね。面白がってるようだった」

「やつは、そうだろうな」

宇野とは、シティ・ホテルの前で別れた。

私の風体は、ホテルに入れるようなものではなかった。

私は、マリーナまでタクシーを飛ばした。

土崎は、アッパーブリッジにチェアを出して、本を読んでいた。私があがっていくと、老眼鏡をずらして視線を送ってきた。

「派手なこと、やったじゃねえか」

「まったくだ。よくやってくれるよ。これで、夕刊は記事に事欠かんだろう」

「岡本も、大っぴらには動きにくくなる。うまい具合に考えたもんだ。散歩してたら、パトカーが集まってやがるだろう。何事かと思ったぜ」

「暇なんだ、連中も」

「どうやって、爆発させた？」

「知るか。俺は電話で叩き起こされたんだから」

「やつらが、てめえのブルドーザーを、勝手に爆発させたってのかい」

「かもな」

「まあ、いいやな。あんたの怪我はなかったみたいだし」

私は、革ジャンパーを脱いだ。陽がさして、暖かくなっている。

「出てみるか」

「ほう」

「機械は、時々動かしてやった方がいい」

「まあな」

土崎が腰をあげた。

出航の準備は、整えてあるようだった。

エンジンをかけ、舫《もや》いを解くまでの作業が、ほとんど三十分で済んでいる。

「いい風だ。セイリングヨットだったら、絶好の日和《ひより》だな」

マリーナを出る時、暗礁を二つかわさなければならなかった。やはり、あまりいい場所とは言えない。

「お嬢に、電話でもしたかね？」

「いや」

「淋《さび》しがってるぜ」

「馴れなきゃな」

沖へむかって、フルで走った。波を蹴立《けた》てて、『キャサリン』は走っていく。

土崎は、釣糸を流そうとはしなかった。マリーナを出てしまうと、キャビンに潜りこんで、食事の仕度をはじめたようだ。

「遅い朝めしだが、やるかね？」

「ロン・コリも作って貰うか」

「作ってあるさ」

私は、キャビンのコックピットに降りた。

卵とハム。それに特製のドレッシングをかけたサラダ。コーヒーとパン。

「ありきたりの朝めしだね」

「贅沢《ぜいたく》言うんじゃねえ。ロン・コリをつけてやったろう」

久しぶりの、朝食らしい朝食だという気がした。

「どうやって、爆発させた？」

最後のパンを口に押しこんだ時、土崎が訊いてきた。

「土崎さん、急いで魚を取らなきゃならない時に、やったことあるよな」

「ダイナマイトか？」

「手に入れておいた。日本製は、松だか桐《きり》だか、そんな商標がついてる」

「菊じゃねえのかい？」

「よせよ」

菊子の名前は、あまり聞きたくはなかった。

「導火線に火をつけて、投げたのか？」

「まさか」

「じゃ」

「簡単な地雷を作った。信管をこしらえてな。もっとも、人が踏んで爆発するような代物じゃない。せめて、ブルドーザーのキャタピラでも乗らないことにゃな」

「どこで習った」

「うちで雇った、ベトナム帰りのボーイが、面白がって作ってるのを見たことがある」

「誰だ、そいつ？」

「デュークだよ。馬鹿にしたやつを吹き飛ばすってな。だけど、そんな度胸はやつにはなかった。持ってただけさ。だから、やつのやり方で、ほんとうに爆発するのかどうかは、知らなかったよ」

「見事に、爆発したじゃねえか」

「デュークが、あれを持ってるだけで満足してたってのが、いまになってわかるね」

「二十六だったよな。あんた、かわいがってた」

「それにしちゃ、居つかなかったが」

「一年ばかり、いただろう。やつにしちゃ長い方さ」

「俺は、チップをいくら貰ったか申告しろ、なんて言ったことないからな」

「ジャマイカにでもいるのかな、いまは」

「さあな」

「やつも、流れ者《もん》だな。戦争にいったやつの半分は、そうなった。特に若いやつらはな」

「負傷したんだぜ。勲章を見せてくれたこともある」

「なんの役にも立たねえ勲章だよ」

デュークは、黒人とプエルトリコの混血だった。戦争に行ったことを、秘《ひそ》かに誇りにしていたのだ。

それは誇ってもいいことだ、と私は思っていた。戦争がいい悪いというのではない。死なずに、二年も闘った。それは誇ってもいい。

負傷して勲章を貰ったことは私に喋ったが、どんな闘いをしてきたかは喋らなかった。

「いい若い者《もん》だった」

「過去形で言うなよ、土崎さん」

「だけど、あれから十年は経ってんじゃねえのか」

「そんなにか」

「時間ってのは、早いもんさ」

土崎が、皿を片づけはじめた。

私は、アッパーブリッジに出て、土崎の葉巻に火をつけた。滅多に失敬することはないから、土崎もあまり文句は言わない。

「いい船が走ってやがる」

あがってきた土崎が、沖の一点を指さした。私は、双眼鏡を覗いた。

船型が見えてきた。船名も、なんとか読みとれるようになった。『レナ』。洋上にいると、いっそう優雅に見えた。

「川中の船だよ」

「ほう」

「魚を追ってたのかな」

「こっちへ、近づいてくるみたいだ」

私は、『キャサリン』のスピードを半分に落とした。揺れが感じられてくる。『レナ』が、並走《へいそう》してきた。

「花火、見たぜ」

ハンドマイクで喋っているのは、川中だった。

「四時半ごろだった。ちょうど出たところでね。結構、派手な花火だったよ」

私は、右手を軽く振った。

「ラジオのニュースじゃ、大騒ぎをしてるぜ。いわく付きの土地だってな」

「知らんよ」

言ったが、川中には聞えなかったようだ。こちらには、ハンドマイクはない。

一度汽笛を鳴らして、『レナ』がスピードをあげた。三百四十馬力のボルボエンジンを二基積んでいるはずだ。出足では、較《くら》べものにならなかった。

「面白《おもし》れえ男じゃねえか」

「どこが？」

「ガキみてえに、手を振りやがった」

「敵になるかもしれん男さ。これからな」

「気をつけるんだな。あんなのは、突っ走ると怕《こわ》い」

「どう気をつけようもない相手だ」

もう、『レナ』の後姿は小さくなっていた。航跡《こうせき》が、一直線にのびている。

「こっちも、スピードをあげるか」

土崎が呟《つぶや》いた。

私は、スロットルレバーを全開にした。

エンジンの唸《うな》り。しかし、加速は鈍重だった。

「ありゃ、釣船じゃねえな。レースでもやれそうだ」

「川中って男、そういうのが好きなんだろう。車もポルシェだしな」

マカヌードのポルトフィーノという葉巻は、吸い馴れない私には長すぎた。くわえたままにしておくと、いつの間にか火が消えてしまう。

「陸《おか》にあがったら、なにが起きる？」

「わからんよ。岡本は、動きにくくなっちゃいるだろうが、それだけに潜行した動きをしてくる可能性もあるし」

「あの花火ってあの、あんたの宣戦布告かね？」

「むこうは、そうとるかもしれないが、実は、俺があの土地を手に入れた時から、もうはじまっちゃいたんだ」

「岡本も、江戸の敵を長崎で討たれてるようなもんだ。面食らってるだろう」

「土崎さんの船を燃やし、店を毀したのも岡本だぜ」

「ちょっとばかりだが、保険が下りた。俺は、それでよしとしてるよ。もともと、人生に大きなものを望んでなんかいなかったんだ」

「若いよ、まだ。六十まで四年もある」

「あんたの船の、クルーでいい。できたら、ずっとクルーを続けたいね」

「死ぬな、と言われてるのかな」

「死ぬ時は、死ぬさ。男ってやつはな」

もう『レナ』の船影は、ほとんど見えなくなっていた。

私は岸に平行になるように、船のむきを変えた。スピードも巡航まで落とした。

「久しぶりだ。流してみるかね？」

「いや、時間が時間だよ。もっと魚が腹を減らしてる時でなきゃな」

「あの『レナ』って店のママ、川中とはどういう関係なんだ?」

「なんだい、いきなり?」

「ちょっと気になってね」

「川中エンタープライズの社員さ。『レナ』も、川中のものなんだ」

「てめえの女に、店をやらしてるってわけでもなさそうだな」

「いいじゃないか、どうでも」

「車を取りに行った時、ひどく突っ張りやがったんでね」

「そりゃ、土崎さんがまともに見られなかったってことだ」

私は葉巻の煙を吐いた。

水平線上に、貨物船の船影がひとつあった。沖に見えるのは、それだけだ。

12　マネージャー

髭《ひげ》は剃《そ》らなかった。髪も、濡《ぬ》らして撫《な》でつけただけだ。

スーツだけでは、夜風が冷たいくらいだった。

電話で呼んだタクシーは、正確にやってきた。乗りこむと、『ブラディ・ドール』と私は行く先を告げた。

大して大きな街ではない。それでも、この数年の間にかなり脹《ふく》れあがったのだということは、街並を見ていてよくわかった。中心街に近づくにしたがって、古い建物が目立つようになる。

店の前で、タクシーが停《と》まった。

入口で、店員ではないスーツ姿の男が二人待っていた。両脇《わき》を挟まれるようにして、私は店に入った。

ボックス席の通路に立っていた藤木が、私に慇懃《いんぎん》なお辞儀をした。

一番奥の席。岡本。座っていた。上眼使《うわめづか》いで、私を睨《にら》みつけている。私は視線をはずさず、岡本の眼と見合ったまま、そばに立った。岡本の横には、門脇が腰を降ろしている。

「久しぶりだな、秋山さん。あの土地を借りてるのが、おたくだったとはね。私も、焼きが回ったのかな」

「挨拶《あいさつ》、きちんと受けたよ」

「え、なんのことだね？」

「金曜の夜の、チンピラのことさ」

「まあ、掛けないか」

岡本とむかい合う位置に、私は腰を降ろした。

「なんにするかね？」

「いらないよ」

「しかしな。ここは酒場だし」

「なにも、飲みたくはない」

「穏やかじゃないな、私の酒が受けられないというのは」

「人を呼び出しておいて、威《おど》しか」

店の中を見回した。ほかの席に、二、三組の客がいるだけだった。

ブランデーグラスがひとつ差し出された。藤木だった。

「店からです、秋山さん」

なにか言いそうになった岡本を、藤木の慇懃さが制したようだった。私は、軽く頷《うなず》いただけで、グラスに手は出さなかった。

「いろいろ、誤解があったんじゃないかと思う。それを解いておきたくてな」

「誤解？」

「お互い、子供じゃないしな」

岡本は、キーラーゴの私の家で、ホテルを売れと言った時と、大して変っていなかった。どこか横柄で、傲慢《ごうまん》で、それを紳士面《しんしづら》で覆い隠している。

「なにを、俺は誤解しているのかな。それをまず教えてくれないか」

「行き違いと言った方がいいのかな」

「どこが行き違ってる?」

「たとえば、いま君が持ってる土地さ。私に対する誤解で、大して得にもならんことをやろうとしてる。そう思えるんだがね」

「俺は、あそこに倉庫を建てたい。そう思って借りたのさ」

「私が、川中良一《りよういち》氏と組んで、あそこになにを建設しようとしているのか、知らないわけじゃないだろう?」

「後で知ったよ。しかし、それは土地を押さえておくのが基本だろう。もともと、あそこは第二次の工場誘致の予定地だったという。倉庫を建てて、なんの不思議があるんだね」

「あの三千坪は、地主が妙に頑固でね」

「俺には、あっさり貸してくれた」

「それは、こちらの手落ちだったさ。あの土地は、必要だ。だから、少々の上乗せをしてでも、権利を買い戻したい」

「そんな気はないね」

「足もとを見るってやつかね。一応、こちらの条件も聞いておいた方がいいと思うんだが」

「必要ないな。どんな条件を出されても、権利を売る気はないんだから。誤解と言えば、あんたの方が誤解してるよ」

「人は金で動く。それで駄目でも、暴力で動く。そう思ってるだろう」

「どんなふうに？」

「取引というのは、金以外のなんでやるんだね」

「もともと成立しない。そんな取引もあるってことさ」

私は、煙草《たばこ》に火をつけた。岡本の横の門脇は、ほとんど顔をあげなかった。酒も、飲もうとしていない。

「なあ、秋山さん。人間はみんな生きてる。平凡な言い方のようだが、生きていかなきゃならん」

私は、黙って灰を落とした。

「ひとりだけが意地を張る。自分を押し通す。これじゃ、世の中は通りはしない。秋山さんを見ていると、どうも無理をしすぎている、としか思えないんだ」

私は、岡本の顔を見つめていた。

門脇が、ちょっと咳払《せきばら》いをした。相変らず、ひと言も喋《しゃべ》ろうとしない。

「話に乗ってくれないかね？」

「どういう話だ？」

「だから、君のあの土地を」

「成立しない取引もある。あまり何度も言わせんでくれ」

「地主との間で、なにか特別の契約でもあるのかな。それなら、こっちで地主と話をつけても構わないんだが」

「なんでも、思う通りにいくとは思うなよ。元々は、あの土地を押さえておかなかったというのが、失敗なんだ。つまり、はじめから失敗してるのさ」

「どうしようもない従弟《いとこ》がいてね。叔父《おじ》がなんとか仕事をさせてくれと頼むから、この街の責任者にした。高をくってたんだろう。土地なんかいつだって買収できるとね」

「あの地主には、相当嫌われたらしいな」

「恥ずかしいが、そういうことでね。あの地主は、土地を手放したがっていた。それなのに、頑固にしちまったんだ。あいつにだけは絶対に売らん。そういう心境にさせちまったんだね。いまは、東京の本社で謹慎させてる」

「そろそろ、帰らせて貰《もら》うよ」

「おいおい、いま来たところじゃないか」

岡本の顔の色が、赤くなっていた。怒りを押し殺している。それがはっきりとわかった。ほんとうは、私を八ツ裂きにしてやりたいと思っているに違いない。

「とにかく、きちんとした話合いをしたい。そのために来て貰ったんだ」

「威そうって気で、呼んだんだろう」

私は煙草を消した。ブランデーには、手をつけていない。

岡本が、ウイスキーを呷《あお》った。自分で、空になったグラスに注《つ》ぎ足している。

「いくら欲しい？　肚《はら》を割って話そうじゃないか。二億か、三億か？」

「ドルかね。それとも円か？」

「なんだとっ」

「ドルで二億なら、考えてもいい」

「二億ドルだと。馬鹿も休み休み言え」

「じゃ、この話はなしだ」

「秋山。てめえは俺を舐《な》めてやがんのか」

「ほう、やっと本性を出したね。紳士面は似合わんよ。そうやって吠《ほ》えてる方がいい」

「こっちにも、考えがあるからな」

「そりゃ、馬鹿でも多少のことは考えるだろう。そしてまた、行き着く結論は暴力ってわけだ。ひとつ教えてやるが、誰もが暴力を怕《こわ》がるとは思わん方がいい」

私は腰をあげた。スーツ姿の男が二人、私の行く手を塞《ふさ》ぐようにして立った。

「俺を、殺すといいさ」

「俺を怒らせやがったな、秋山。馬鹿な野郎だよ」

男たちが二人、私の方へ歩み寄ってきた。私の前に、藤木が影のように現われた。

「店の中でのゴタゴタは、私どもにとりましても非常に困ることでして」

藤木は、きっちりとタキシードを着こんでいる。

「おい、マネージャー。余計なところに出てくるんじゃねえ。俺は、川中さんと一緒に事業をやろうってんだぞ」

「それとこれとは別でございまして、この店のことは、私が任されております。なにかあると、すべて私の責任ですよ」

「俺が、川中さんに言っといてやる」

「川中も、こういう争いは好みませんで」

「わかりの悪い男だな。おまえの首なんか、いつでも飛ばしてやれるぞ。わかってるのか、おい」

「とにかく、店の中での乱暴はおやめいただきたいですな」

「なにも、店の中で暴れたりゃしないさ。心配するな。この秋山って男を、外に放《ほう》り出すだけだ」

「こちらの方が、出るのがいやだとおっしゃったら？」

「引き摺《ず》り出すさ」

「それが、乱暴だと申しあげておりまして」

「構わねえ。そいつを引き摺り出せ」

男が二人、藤木を押しのけようとした。小柄な藤木の躰《からだ》が、横にふっ飛びそうになる。

それだけだった。ひとりの男の動きが、ぴたりと止まった。もうひとりは、戸惑ったように立ち竦《すく》んでいる。

「どうした、おまえら？」

「お二人とも、ここで暴れるのは気が進まないとおっしゃってます」

「てめえに訊《き》いてんじゃねえ」

「岡本さん、どうかもうちょっと小さな声で、お話しいただけませんか」

「帰して貰うよ、俺は」

私は藤木に言った。軽く、藤木が頷いた。私が脇を通り抜けても、男たちは身動きひとつしようとしなかった。

外へ出た。

「よう」

川中が、臙脂《えんじ》のポルシェに寄りかかって立っていた。

「乗れよ、送ろう」

「やっと店を出られたと思ったら、次は川中さんか」

「俺が嫌いかね？」

「いや、まだよくわからん」

川中が、助手席のドアを開けた。私は黙って乗りこんだ。

「ひどい男だな、岡本ってのは」

エンジンをかけながら、川中が笑った。

「いいとこの跡取り息子だってことは知ってた。紳士面もできるやつだ。だけど、野郎の本質は、今夜のあれだな」

「あんたの、パートナーだろう？」

「ああいう男なら、パートナーとしちゃ楽なもんだ。ただ、門脇がついてるからな」

「店の中でのこと、全部見てたのかね？」

「そりゃ、経営者だからな」

車が走りはじめた。

「藤木って男は？」

「ただのマネージャーさ」

「そうは見えなかったがな」

「マネージャーだよ。なかなか優秀な男さ」

「なにをやったのか、俺にはよくわからなかった」

「ああいうチンピラを黙らせる。そういうことのツボも心得ている」

私は煙草をくわえた。

「今朝の花火で、夕刊がかなり騒々しくなってる。大星開発が買収してない土地があるってことも、この事業に出資しようとしてる銀行や企業にバレちまった」

「まだ、夕刊は見てないんでね」

「岡本は、記事を押さえようとしたさ。だけど、あまり強硬にやると、あそこにブルドーザーを持ちこんだのが自分だってことになっちまう。結局、間接的に圧力をかけるしかなかったみたいだ」

「ほう」

私は、窓ガラスを降ろして、灰を落とした。街は、まだ人通りが多かった。

「ピンチだな、岡本は。銀行に見捨てられると、この事業だけじゃなく、大星開発そのものが倒れる。もともと、自転車操業をしてるとこなんだ。転んじまえば、それで終りってとこはある。そこを、うまく突いたね」

「結果として、そうなったのかな」

「君が穴を掘ってるのを見てから、俺は次の展開が愉しみでね。海の上から花火を見た時にゃ、拍手でもしたい気分だったよ」

「パートナーだろう？」

「お互いに、実力を持ち寄るパートナーさ。俺がコケても、岡本は助けはしない。むしろ喜ぶだろうさ」

「いまは、川中さんが喜んでる？」

「俺は、大星開発なんか、どうでもいいんだ。あそこに大リゾートタウンができれば、俺のヨットハーバーも、運営が楽だろう、と思っただけさ」

県道に出た。

川中がスピードをあげた。背中がシートに押しつけられる。

「車、好きかね？」

「メルセデスのコンバーチブルと、リンカーンを持ってたよ、フロリダじゃ」

「あまり、センスはよくないな」

「ポルシェだって、いいとは思えないぜ」

「こいつを、フェラーリに代えようと思ってる。それから、フワフワしたフランス車を一台買う」

「その取り合わせなら、車好きと言ってもいいだろうな」

九十キロ近く出ていた。追越のタイミングで、かなり腕がいいことはわかる。

「どこへ行くんだ？」

「一杯やろうってわけさ」

「その気はないな」

「忘れたのか？」

「なにを？」

「君には、貸しがある。ジン・トニック二杯だったかな」

「なるほど」

「返せる時に、返しとくもんだ」

街を抜けた。

川中は、いきなり加速した。百三十。コーナーの多い、海岸沿いの道だった。ダブル・クラッチでシフトダウンしていく手際は、なかなかのものだ。

「坂井ってうちのバーテン、こいつに乗せると、俺が冷や汗を出すくらい飛ばすよ」

「あの、カウンターの中の坊やか？」

「突っ走るのが好きなやつってのは、時々いるもんだ」

右のコーナー。直前に減速した。コーナーの途中で、すでに加速ははじまっている。

私は、窓から煙草を弾《はじ》き飛ばした。

13 借り

駐車場に、車は一台もいなかった。

ドアを押すと、シャンソンが耳にとびこんできた。日本人の歌手が唄《うた》っているものだった。

「あら、社長」

「いつもながら、客がおらんな、ここは」

「さっきまで、二人いたんですよ。このさきのモーテルに行こうと、男の子が熱心に誘ってて」

「それで？」

「行ったわ。女というの、押しまくられると弱いもんなんですよ」

秋子は、やはりマニキュアだけで、化粧っ気がなかった。

「おい、音楽を変えろ。ジャズだ」

「わかりましたよ」

「まったく暗い女だよ、おまえは」

「それで、客が来ないのかしら」

「いや、そのうち、その暗さが客を呼ぶようになるさ」

スタンダード・ナンバーがかかった。川中の好みらしい。

「まず、ストレートで一杯ずつだ」

「秋山さんもですか？」

「そうだ。勝手に決めて悪いがね」

「借りは、返してくれというもので返すよ」

秋子が、ターキーのストレートを二つ作った。

「騒々しくなりましたね」

秋子が、私の顔を見てちょっと笑った。

「ナツミといいます。よろしく」

「秋子さんじゃなかったのか」

「それは、社長がつけた名前。ほんとはナツミって言うの」

「字は？」

「菜の花の菜に、摘む」

「万葉集か」

「あら、よくわかったわ。社長なんか、つまんない名前だって、頭ごなしなんだから」

「娘が、安見って名だよ」

「そう。万葉集から名前を取ると、女の子は幸福になるって言うけど、眼の前にあたしみたいなサンプルがいたんじゃね」

「なんの話だ。それより、借りを返して貰うぜ」

川中が、グラスを呷った。私も、同じようにした。菜摘《なつみ》が、二杯目を注《つ》ぐ。

「お嬢さん、おいくつ？」

「十一になった」

「これから、難しくなるわね」

「だろうな」

「母親に死なれた娘ってのは、どうなんだろう？」

川中が言った。菊子のことは、もう耳に入っているのだろう。

「それも、まともな死に方じゃないしな」

「社長」

「別に、気を使うことじゃない。むしろ、言ってやった方がいいんだ。いまのこの人にゃな」

「でも」

「娘のことは、いつでも思い出してた方がいい」

「そうかしら」

菜摘が、自分のオン・ザ・ロックを作った。

「一杯、いただきます」

軽く、グラスを触れ合わせた。

「土曜日に、俺はここで門脇と会ってね。それであんたのことを聞いた」

「岡本の女房からの話だな」

「キューバ人に、ベンツの中で刺し殺された。そういうことらしいな」

「忘れたよ」

「言いたけりゃ、そう言ってろ」

「絡むね、川中さん」

「そういうつもりはない。ただ、いろいろと俺も首を傾《かし》げたくなるところがあってね」

「死んだよ、ほんとに。発見したのは俺だった」

「そういうことじゃなく、大星開発が、なぜフロリダなんかに土地を欲しがったかってことだ」

「日本人が、それほどやってくるところじゃない。もっとも、日本ふうの料理を出すレストランは、受けたが」

「フロリダといや、ほんとの金持ちは離れはじめてる」

「まあ、そうだな。キューバ難民が住みついてから、そうなった」

「その前も、年寄りの保養地さ」

「日本人がやっていくにゃ、ちょうどいい状況じゃあったが」

「それにしても、住みついてればって条件付きだろう。大星が、なんで手を出さなきゃいけないんだ。それも、かなり荒っぽい方法でだ」

「岡本に訊けよ、それは」

「キナ臭い。君に会うまで、俺はフロリダの話は知らなかった」

「いまどうなってるのか、俺も知らんよ」

「まあ、いいか。外国のことだ」

川中が、二杯目を空けた。

「秋山さんの船、なかなか素敵なんですってね」

「海、好きかね？」

「眺めるのはね。でも、船に乗ったら酔うかもしれない」

「おい、秋子、おまえ、何度目だ？」

川中が、いきなり言った。

「なにがです？」

「客に本名を名乗ったのがさ」

「はじめて、だわ」

「なぜ？」

「わかりませんよ、そんなこと」

「なるほどね」

「なに納得してるんですか」

「歌手をやりたい。こいつはそう言って来たんだがね。うちじゃ、歌手は使わないことにしたんだ。それで駄目だって言ったら、ホステスでもいいと言いやがった」

「一週間働いて、ここへ飛ばされたんですよ」

「人には、似合う場所ってのが、それぞれあるもんだ」

「ここは、物置みたいなとこだったんですよ。二階に、坂井君が住みついてて」

「あいつも、ここが似合ったさ」

私は、二杯目を空けて煙草に火をつけた。

「その前、ここにいたのが誰だか、おまえ知ってるか？」

「藤木さん。坂井君がそう言ってたわ」

「藤木も、ここが似合ってた」

川中は、三杯目を自分で注いだ。

音楽が途切れた。沈黙の中に、波の音が入り混じってきた。いきなり、セントルイス・ブルースがかかった。誰のトランペットかわからなかった。

「川中さん、この店が好きなんだね」

「川中さんが、この店にゃ一番似合ってると思うよ」

「なんとなくさ」

「からかってんのかい」

「なんとなく、そう感じた。ここで波の音を聞きながら、流行《はや》らない店をやってる。ぴったりだと思うね」

「実を言うと、五十を過ぎたらそうしようと思ってる」

「あと十年くらいか」

「五十じゃ、早過ぎません、社長？」

「いいんだ。俺は五十ぐらいだろう」

三杯目を、川中はチビリと口に含んだ。

しばらく、私は音楽に聴き入っていた。

「手を出さんでくれ。門脇にそう頼まれたよ」

「どういう意味だ？」

「俺が、君に手を貸すと思ったのさ」

「川中さんは、あっち側だろう」

「門脇にゃ、そうは見えなかったらしい」

「手を貸して欲しいと、俺も思ってはいないよ」

「巻きこまれる。いつもな。そういう星があるらしい」

「そういえば、宇野が似たようなことを言ってたよ」

「トラブルの星。そんなものもあるんじゃないかな」

「宇野は、俺が川中さんと対立することを愉しみにしてるようだ」

「キドニーは、俺が好きなのさ。俺も、キドニーが嫌いじゃない」

「じゃ、なぜ？」

「お互いに、言い出せない。あることがあってからね。初心《うぶ》な恋人同士みたいなもんだよ」

「わかるような気もする」

「というわけで、キドニーの期待には沿えないんだ。俺は高みの見物だね」

「その方が、俺もありがたい」

「門脇は、君の敵に回るよ」

「すでに、敵さ」

「迷ってた。しかし、もう決めただろうと思う」

「気をつけよう」

「岡本の、何倍も手強《てごわ》い男だ」

「わざわざ、それを俺に」

「こういうところが、トラブルの星っていうんだろうな」

私は、グラスにターキーを注いだ。

キーラーゴにいたころ、私が飲《や》るのはいつもこれだった。土崎は、時々モヒートやダイキリを勧めるだけで、文句を言おうとはしなかった。ヘミングウェイの作品の中に、バーボンが出てくることを、私は探し出して読ませてやったのだ。

菊子は、土崎の作るモヒートが好きだった。二杯以上は飲めなかったが、自分で作ろうともしていた。どう作っても、土崎のモヒートとは同じ味にはならなかった。

砂糖の使い方さ。土崎はそう言って、得意そうだった。作り方を、決して菊子に教えようとしなかったものだ。

「部屋へは、もう戻らない方がいいと思う」

「俺を消すと、あの土地はもっと厄介なことになる」

「それをやるのがキドニーなら、ひとつだけ忠告しとこう。やつは、現実主義者だよ」

「だったら、なおさらだな。法律というのは、現実そのものと言っていい」

「そこさ。現実主義と現実。微妙に違うもんだろう。キドニーが、卑怯《ひきょう》と言ってるわけじゃない。シニカルなんだ。すべてを横眼でしか見れん男さ」

「なるほどね。門脇の恫喝《どうかつ》には、すぐ屈伏するか。その方が楽だから」

「恫喝が来る前に、放り出すだろう。先を読むのはうまい男だ」

「頼りない弁護士を雇ったのかな」

「そうじゃない。君が生きてりゃ、やつは命も張る。つまりこだわるんだな。そういう、複雑な男さ」

「病気が、そうしたのかね？」

「ほかにもある」

「とにかく、忠告は受けておくよ」

　私は、ターキーを口に含んだ。ほほえんでいるように見えた。

　菜摘と、眼が合った。ほほえんでいるように見えた。私もほほえみ返した。

「大変ね、男って」

「これを忘れたら男じゃなくなる。俺は、人生ではじめてそれにぶつかったみたいだ」

「大袈裟《おおげさ》すぎない、二人とも」

「女も、三十になると落ち着いたもんだ」

　川中が、笑いながら言った。

　菜摘は、笑わなかった。

「もっと飲もうぜ。俺は、貸しをボトル一本で返して貰うつもりなんだ」

「利子の付けすぎじゃないかね」

「あっちの店とこっちじゃ、値段の差がありすぎるんでね」

「まあ、いいさ。川中さんは飲んでいて不愉快な相手じゃない」

「看板、消しましょうか？」

「そうしてくれ」

　店の中からは、外の看板が消えたのかどうか、よくわからなかった。

「門脇は、今度のことじゃ、どこかに気後れがある。俺に手を出さないでくれと頼んだのも、それがあるからさ」

「そこが、隙《すき》か」

「やめたら、二人ともそんな話。静かに、愉しく飲むのもいいものよ」

菜摘が、氷を砕きはじめた。

しばらくして、アイスペール一杯の氷が、カウンターに置かれた。

14　波頭

タクシーを呼んだ。

川中は、さきに帰っていた。十二時を回っている。

「気をつけてって言っても、仕方なさそうだわね」

「俺は、いつも気をつけてるさ」

「髭を剃ると、きっといい男よ。スーツはよく似合うから」

「君も、化粧をするといい女だ。薄い化粧でいい」

「いつかね」

「俺も、いつか不精髭をきれいにしよう」

タクシーが来た。

菜摘は、カウンターを出てこなかった。

「いくらだ？」

「つけとくわ」

「それは困るな」

「社長が、そうしろと言ったの。あたしも、そうしておきたいわ」

「また、借りか」

「粋《いき》な男でしょ、うちの社長も」

「あれで、時々暗い眼をする」

「明るいだけの男なんて、いると思って？」

「君もだ。女はそんな暗さを隠すために、化粧したりもするもんさ」

「憶《おぼ》えとくわ」

私は片手をあげた。

ドアを押す。

タクシーは、駐車場の真中で待っていた。私が近づいていくと、ようやくドアを開けた。

「海岸を、ずっと走っていってくれ」

「どこまで？」

「ヨットハーバーさ」

「わかりました」

走りはじめた。

すぐに街に入る。街の灯を左に見て、走り続けた。

「停めるなよ、おい」

「だって、信号がありますよ」

「無視すりゃいいさ」

後ろに、小型車が一台いた。ずっと付いてきている。

「わざと、尾行《つけ》させてるのか?」

「どういう意味で?」

「なにか、頼まれてるだろう、と言ってんのさ」

「なにも、頼まれちゃいねえ」

「走り方が、どうも気に入らん。夜中だってのに、黄色の信号を突っきろうともしない」

「後ろの車、かなり離れてますよ」

「だから、待ちながら走ってる。俺にゃ、そうとしか思えないな」

「考えすぎですよ」

「悪いな、降りてくれ」

「降りろって、車をか?」

「強盗になるよな」

「当たり前だ」

「それなら、俺の言う通りに走れ」

「拳銃《チャカ》でも持ってるってのかよ」

「もっといいもんさ」

私は、ベルトに差しておいたダイナマイトを、一本抜いた。

「わかるな、なんだか」

「発煙筒かよ」

「ダイナマイト」

「だから、どうした？」

「火をつける。導火線を短くしてあるから、二秒で爆発する。俺はこいつを、おまえの襟の中に放りこんで、車から飛び出す。背中に入ったダイナマイトを取り出すのに、二秒はかかる。爆発さ、車ごと」

「冗談並べるなよ」

私は、後ろから運転手の襟首を掴《つか》み、もう一方の手でジッポに火をつけた。ダイナマイトは、運転手の襟に差しこんだ。

「火をつけて、中に押しこむ」

「よせ」

「だったら、走れよ。マリーナまでだ。後ろの車に差を詰められたら、ほんとに火をつけるからな」

　スピードがあがった。

　後方のヘッドライトが遠ざかっていく。さすがに、いい腕をしていた。

「その調子だ」

「背中のもの、抜いてくれねえか」

「駄目だね」

　私は、ジッポの火だけ消した。代りに、煙草に火をつけていた。

「ライターは消したが、こいつですぐ火はつけられる。忘れるなよ」

　コーナー。躰が右に振られた。私は、前のシートにしがみついていた。

　私の土地のそば。もう警察車はいなかった。ほかの車もいない。通りすぎた。後ろの車は、さらに遠くなっている。

「落とすなよ。差を詰められたら、おまえはそれで終りだ」

　運転手の首筋が汗ばんでいた。コーナーを、ギリギリで掠《かす》めていく。時々、対向車が現われた。警告のためなのか、パッシングしていく。クラクションを鳴らした車もいた。

「うまいね。サーキットでも走らせてみたいよ」

左のコーナーで後輪がちょっと滑った。カウンターステアを切るのは、素早かった。

「いいぞ。若かったら、ラリーにでも出したいとこだ」

歳恰好《としかっこう》は、私と同じぐらいだった。髪は短く、首筋は痩《や》せている。

後方のヘッドライトは、もう見えなかった。マリーナの明りが、チラリと見えた。

「いいぞ、すぐそこだ」

「もう、抜いてくれよ、背中のもん」

「この調子で走ってるかぎり、鉛筆を差しこまれてるのと変らんさ。気にするな」

「そんなこと言ったって」

「体温で、爆発したりはしない」

私は、新しい煙草に火をつけ、短い方を窓の外に弾き飛ばした。

「ところで、後の車の連中は?」

「よくは知らねえよ。一万円握らしてくれた。多分、門脇不動産の社員だと思う。助手席に乗ってた若いのはな」

「車は、シビックだな?」

「そうだよ。白だった」

コーナーに切りこんだ。そこを抜けた時、マリーナの明りはかなり近くなっていた。

ひと息で走り着いた。私は、運転手の襟もとから、ダイナマイトを抜いた。

「ただ乗りをしようとは言わんよ。釣りはいらない」

ダイナマイトの代わりに一万円札を運転手の襟に差しこんだ。

車を降りる。岬のはなを、ヘッドライトが回ってくるのが見えた。まだ遠い。

私は、桟橋の方に歩いていった。

船に乗り移る。明りはすでに消えていて、土崎も眠っているようだった。

アッパーブリッジに登った。エンジンはいつでもかけられるようだ。

「あんたか」

闇《やみ》の中から声がした。

「おかしな揺れ方をしたんで、眼が醒《さ》めたよ」

土崎は、握っていた拳銃《けんじゅう》を腰のベルトに差した。ガバメントのようだ。

「わかるのかね。ほんのちょっとしか揺れなかったはずだが」

「実は、車が停まった時から、眼は醒めてたんだ」

「追われてる。といっても、切迫してるわけじゃないが。一応、船が出せる用意をしといてくれないか」

「今朝から、そんな予感はしてたよ。キーを入れるだけで、船は動くようになってる。外からの電線も抜いてあるし、舫《もや》いも二本しか取ってねえさ」

「燃料は？」

「たっぷりだね」

エンジンをかけた。

「この状態で、待っててくれないか」

「なにやる気だ？」

「俺流の挨拶をしとこうと思ってね」

闇の中で、土崎がなにか差し出した。コルト・パイソン。掌《て》にずしりと重かった。

「サーチライトを、あっちへむけてくれ。俺が降りてからでいい」

私は、桟橋に降りた。

サーチライトが、マリーナの入口の方を照らし出した。白いシビック。男が二人、驚いたように両脇に跳んだ。私の姿は見えないはずだ。

横へ動いた。サーチライトは、右へ動き、それから左へ戻った。

二人の男の位置。私のところからは、はっきりわかった。

コンクリートに這《は》いつくばり、私は少しずつ進んだ。ライトは左右に規則正しく揺れている。呼び交わす声が聞えた。すぐそばだ。

ドラム缶の後ろにしゃがんでいる男の姿が見えた。横から回りこむようにして、私はギリギリのところまで近づいた。

あと四歩。ライトが過ぎていくのと同時に、私は立った。そのまま突進《ダッシュ》する。

男を蹴《け》りあげた。三度、続けざまに蹴った。ライト。もうひとりの男が、立っていた。

「動くな」

私は、静かに言った。

「土手っ腹を狙《ねら》ってるぞ。手はそのままにしておけ」

近づいた。ライトは、動かなくなっていた。男の躰を探る。二二口径の、小さな拳銃がポケットから出てきた。小さくても、本物のオートマチックだった。

男の股間《こかん》を蹴りあげる。二二口径を握りこんで、顎《あご》に叩《たた》きつける。男の躰が崩れ折れた。

私は息を吐いた。

倒れている二人の男の顔を、ライトの中で確かめた。私を『レナ』の前で襲ったチンピラでもなければ、門脇のお供で私の部屋にやってきた若い男でもなかった。見憶《みおぼ》えはない。

私は、船へ駈《か》け戻った。

「出してくれ。しばらく、沖を流しててくれりゃいい。朝になったら、戻ってこいよ」

「どういうことだ？」

「俺は沖にいる。そう思わせたいのさ」

「しかし」

「急げよ。それから、車のキーを投げてくれないか」

舫いを解きながら、私は言った。

ライトのむきが変った。それから土崎は、車のキーを私に投げてよこした。

船が、桟橋を離れていった。私は、隣りの船のキャビンのかげに隠れていた。

倒れていた男が、上体だけ起こした。しばらく、その姿勢で動かなかった。それから、もうひとりの男を抱き起こした。

船は、マリーナを出ていこうとしている。

二人が、立ちあがった。船のエンジン音は、さらに遠くなった。それを見送るように二人は立ち尽していたが、やがて白いシビックのところに戻った。

シビックが走り去っていった。

私は、駐車場のブルーバードのワゴンに乗りこんだ。奪った拳銃を点検してみる。見たことのない型だった。ＳＷでもコルトでもない。フィリピン製のようだった。マガジンには四発入っている。

パイソンの方は、六発装塡《そうてん》されていた。

エンジンをかけ、車を出した。

考え抜いて、なにかをやろうとしているのではない。ほとんどが、咄嗟《とっさ》の行動だった。シビックの二人をあしらったのも、ここへ走ってくる途中で、思いついたやり方でだった。街へ引き返そうというのも、やはり思いつきだ。

計画を綿密に組み立てれば、どこかで狂いが出た時、どうしていいかわからなくなるだろう。なにをやればいいのか、躰が感じ続けている。その通りに、動いてみるだけだ。

ゆっくり走った。

飛ばせば、シビックを追い抜くことになりかねない。ラジオをかけた。クラシックをやっていた。そのままにしておく。気分が落ち着くような曲ではないが、なにも音がないよりはましだった。

工事現場のそばまで来た。

私は、川中の土地の方へ車を入れた。海際のところで停める。

浜はなく、磯《いそ》はすぐに深くなっているようだった。マリーナを造るには、絶好の場所だろう。

風が強かった。磯に波が打ちつけてくる。灯台の明りが、荒れ気味の海面を照らし出した。波頭が白く泡立ち、それを風が吹き飛ばしているのが、幻のように視界をよぎった。

15　仮面

明りは、まだついていた。

午前二時を回っている。私は一度自分の部屋に帰り、革ジャンパーに着替えていた。

私の部屋には、誰かがやってきた気配があった。ことさら、痕跡《こんせき》を消そうとはしなかったようだ。灰皿には、見憶えのない吸殻があったし、電話の位置は動いていた。

私が、船で海へ出たという連絡を受けて、引き揚げたのだろう。

玄関のドアが開き、二人出てきて車に乗った。マリーナにやってきた二人だった。

ビルの一階の駐車場には、まだ二台車がいた。黒塗りのクラウンと、この街にはめずらしい、淡いグリーンのシトロエンCXプレステージだった。

私は、電柱の蔭《かげ》にしゃがみこんでいた。玄関の方からは、死角になる。明りのついている二階の窓からも、死角だった。

待つしかなかった。中の状況がどうなっているのか、下からはわからない。

じっとしていると、恐怖がフツフツと肌に湧《わ》き出してくる。忘れようとした。恐怖など、縁のないものになっているはずだ。

それでも、躰がふるえていた。歯が鳴らないように、顎に力を入れるのが精一杯だった。

数を数えた。二百までいくと、もう一度やり直した。もう、車もほとんどいない。ビルで明りのある窓も、門脇不動産だけだ。

三時になった。

中に、何人いるのか。このまま踏みこんでも、なんとか闘えるのではないか。岡本も、ここにいるのか。

三時三十分。耐えきれなくなってきた。じっとしているのが、一番よくないという気になってくる。抑えた。いまは、待つことしかできない。

踏みこむのは、いつでもいいのだ。夜明けまで、時間はたっぷりある。八か月、待った。メルセデスのシートを赤く染めた菊子の屍体《したい》を見つけてから、八か月じっと待っていた。腿《もも》に手をやった。二二口径をぶちこまれた傷の痕《あと》。

あの時、恐怖はなかった。怒りだけが、躰の中を走り回っていた。キューバ人を雇った街の小ボスの店。岡本はいなかった。握りしめた拳銃をどこにむけていいか迷った瞬間、二発食らっていた。死にはしなかった。私はそのまま車を運転し、土崎の酒場に駈《か》けこんだのだ。

息を吸った。肩と首を、軽く回した。

玄関が開いた。

出てきたのは、門脇のお供をして、私の部屋に無断侵入していた若い男だった。ひとり。黒塗りのクラウンに乗りこみ、走り去った。

残っているのは、シトロエンだけだ。まだ、窓に明りはある。

立ちあがった。

玄関にむかって、ゆっくり歩いていく。

ビルの中は、しんとしていた。足音を消した。息も殺した。慎重に階段を昇っていく。

二階。門脇不動産とプレートの出たドア。右手にパイソンを握り、左手でそっとノブを回した。事務所だった。がらんとして、人気はない。奥に、もうひとつ部屋があるようだ。

その部屋の、ドアの前に立った。

ノブを回した。

「大田《おおた》か？」

門脇の声。低く、落ち着いていた。

ドアを蹴りつけた。両手で、パイソンを構える。

門脇は、正面のデスクにいた。ひとりだ。

「君か」

「岡本は？」

「ここにはいない」

「そうか」

私は、部屋に一歩踏みこんだ。後手でドアを閉める。

門脇は、じっと私に眼を注いで、動かなかった。

「岡本がどこか、ここで訊けばわかると思ったんだがね」

「私が、言うと思うかね？」

「言わないだろうな。まあ、それはそれでいい。あんたとも、話合わなくちゃならないと思ってた」

「なにを？」

「余計な説明はさせるなよ」

「そうだな」

門脇が眼を閉じた。疲れたように、背もたれに頭を押しつけた。

「海じゃなかったんだね、秋山さん」

「俺の部屋にいたのは、門脇さんだったのか？」

「いや、大田という若い者だ。あんたが海に出たというから、引き揚げさせたよ。さっきまで、ここにいた」

「シビックの二人に、俺を殺させるつもりだったのか？」

「無理かもしれない、という気はしていた。はじめから、大田をやればよかった」

「俺は、遅くまで川中さんと飲んでいたからね」

「二段構えがいいと思ったのさ。二人は、川中に見つけられるかもしれん。川中というのは、あれで修羅場をいくつもくぐった男だから」

「川中は、高みの見物だと俺に言った。悪いがそうさせて貰うとね」

「私が頼んだんだ」

「岡本のために、あんたが悪者になっちまうのか？」

「そう決めた」

門脇が、ちょっと首を動かした。

「手は動かすなよ、門脇さん」

「私は、拳銃なんか撃てんよ。それより、立ってないで掛けたらどうかね」

「それじゃ、あんたにもこっちへ来て貰おうか。むき合っていた方が、安心だからね」

私は、銃のさきでソファを指した。

ものうそうに、門脇は椅子《いす》から腰をあげた。

「あんたは海に行かなかった。岡本はここにいない。五分五分ってところかな」

「門脇さんがいるよ。俺にとって、手強いのは、岡本じゃなくあんただ」

「失敗したよ。判断を間違えた」

「俺が真直《まつす》ぐ部屋へ戻ってれば、大田に消されたんだろう。戻らなくても、シビックで尾行《つけ》てきた二人がやるはずだった」

「ああいう男たちが、この街じゃまだ必要なんだ。うまい話が沢山転がっているからね。私のものを狙う連中すらいる」

「身を守るため。利いたふうなことは言うなよ、門脇」

「そうだな」

「要するに、自分の手を汚したくない。薄汚ない男だよ」

「秋山さんに対しては、結果としてそうなった」

「だからと言って、自分を責めるわけでもないだろう。紳士面をして、金だけは抜目なく儲《もう》けるって手合いだ」

「なんと言われても、仕方ないか」

「言いたいことは、言っておいた方がいいぜ。もう言えなくなる」

「殺すのかね、私を？」

「ああ」

「岡本を殺す前に、逮捕されるぞ」

「殺さなきゃ、次には必ずあんたは俺を殺すよ。何度も失敗する男じゃないだろう」

「肚《はら》は据ってるつもりだったが」

　門脇が、かすかに笑った。

「殺すと面とむかって言われると、やっぱり怕いもんだ」

「言われたことが、ないわけじゃないだろう」

「みんな、威しだった。それが透けて見えていた」

「俺のも、威しかもしれんよ」

「そうは思いにくいな」

「人の気持は読めるんだな」

　私は煙草に火をつけた。パイソンを、腰のベルトに差した。門脇の視線が、ちょっと動いた。

私が煙を吐くのと、門脇がテーブルを蹴りあげるのが、ほとんど同時だった。爆《は》ぜるような音。大して大きくはなかった。花火のようなものだ。

門脇が、膝《ひざ》を突いた。私は、ズボンのポケットに突っこんでいた左手を出した。

「あんたの飼っている犬は、拳銃を奪《と》られたとは報告しなかったのか」

ズボンのポケットには、二二口径を入れていた。ズボンには穴があき、ポケットの中は熱くなっている。

「紳士って柄じゃないね、門脇さん」

「躰を張って仕事をしてきた。少々のことは、自分で撥《は》ね返してきたんでね」

門脇の腿には、血が滲《にじ》んでいた。それが、徐々に拡《ひろ》がっていく。

「うまくひっかけたな」

「もともと、パイソンを使う気なんてないさ。どでかい音がするし。あんたの犬が、二二口径を持ってたのは、好都合だったよ」

門脇が、カーペットの上に座りこんだ。出血はまだ続いているようだ。

「次の弾で、肺をぶち抜く。次に腹だ。四発目で、心臓を撃ってやるよ」

「取引を、しないかね」

「ほう。どんな？」

「岡本がどこにいるか、教えよう」

「義弟を殺して、助かろうって気か」

「もともと、私は義弟の話に乗り気じゃなかった。リゾートタウンというやつにね。あそこは、住宅地にすればいいんだ。工場にできないのなら、住宅地にすればよかった」

「なぜ？」

「金になる。リゾートタウンなんて、経営がうまくいかなきゃ、それで終りじゃないか」

「大星開発に食いこんで、そうする気だったのかね？」

「まだ、時間はあった。土地を売買することの方が、資金も少なくて済むし、危険も少ない」

「大星開発は、資金を用意してるんだろう？」

「それが危なくなった。あんたが、ブルドーザーを爆破したんで、あの土地のことが明るみに出てしまった。バックについている銀行も、手を引きそうな気配だ」

「いまそういう状態になりゃ、大星開発は終りじゃないか」

「私の立場は難しいところでね。深入りすれば共倒れだし、放っておけばあそこは銀行に取られちまう」

「頭の中は、数字だけか、結局」

「悪いかね？」

「いや、それが人間ってもんだろう」

「あんたは、岡本が狙いなんだろう。いまあんたと取引できるのは、私だけだと思うんだが」

「ひどい兄貴だ」

「弟のために、手を汚してやろうとした。それだけで充分だろう」

「人間ってのは、いつも仮面をつけてるもんかね、門脇さん」

「取引は、どうする？」

「条件は、俺が決めるよ」

「どんな？」

「岡本を、ここへ呼べ」

「難しいな」

「殺されるのは、簡単なことだもんな」

「私を殺して、なんの得になる」

「得を考えて、俺が動いていると思ってるのか」

門脇が、ズボンの血のしみを掌で押さえた。まだ出血が続いているようだ。

「なんとかして、岡本を呼ぶんだな」

「明日の朝なら」

「おたくの犬たちが、出てくるだろう」

「あいつは、なぜ私の方が来ないのか、と言うよ」

「義弟じゃないか。呼びつけてやればいい」

「社長だよ。そして門脇不動産には、大星開発の資金もかなり入ってる」

「つまり、あんたも岡本の犬ってことじゃないか。その犬が、また犬を飼ってて、俺を殺させようとした」

私は、コルト・パイソンを引き抜いた。弾倉から五発弾丸を抜く。一発だけ残した。弾倉を回す。

門脇の額に銃口を押しつけ、引金を絞った。撃鉄が持ちあがってくる。

「三五七マグナムだ。二二口径のヒョロヒョロ弾とは違う。おまけに、ハロー・ポイントだぜ。頭の半分は、確実に吹っ飛ぶな」

「よせ。よせ、秋山」

撃鉄が落ちた。門脇が大きく息を吐いた。

「やつは、どこにいる？」

「そんな真似《まね》をしなくても、教えるよ。どかしてくれ、それを」

「どこだ？」

「女の家だ。この夏、あいつは街のはずれに屋敷を買って、女を住まわせはじめた。いま、そこにいるはずだ」

「この街の女房ってわけか。ほんとの女房は、あんたの妹じゃなかったかな」

私は、パイソンをベルトに戻した。

「電話、してみろよ」

「間違いなく、そこにいる」

「いいから電話しろ。俺が拳銃を持ってそこへ行くってな。宣戦布告ってわけだ」

「いいのかね、ほんとうに知らせて?」

「ああ」

私は、デスクの電話を門脇の前に置いた。門脇が、血で汚れた手を受話器にのばした。

しばらく、呼び続けていた。

電話に出たのは、女のようだった。

「いま、起こしてくると言ってる」

門脇が、私の方を見あげた。

私は、門脇から受話器をひったくった。

岡本の濁声《だみごえ》が出た。

「夜中に起こして、悪かったな」

「誰だ、てめえ?」

「俺の声、忘れたかね」

「秋山。秋山だな」

「おまえの兄貴にゃ、弾をぶちこんだ。次はおまえの番さ」

「どういうことだ。兄貴を出せ」

「いま、死んだところだよ」

「なんだと？」

「これから、そこへ行く。場所は、兄貴が吐いてくれた。死ぬ前にな」

「てめえっ」

電話を切った。

「殺すのか、私を？」

「心配するな。行こうぜ」

「どこへ？」

「岡本のところさ。運転は、俺がしてやる」

「ちょっと待てよ、おい」

「おまえを残しちゃいけんよ。どうせ、飼犬どもに連絡するだろうしな」

「しかし」

「置いていく時は、屍体だ」

門脇の腕を摑んだ。大した抵抗もせず、門脇は立ちあがった。痛みは走るようだが、歩けないほどではなかった。

16 人影

シトロエンのサスペンションは、やわらかくて船のような感じだ。

十分ほどしかかからなかった。

住宅街の中にある、古い大きな家だ。門と駐車場のところだけ、新しかった。駐車場には、赤いアコードがうずくまっている。女が乗っている車なのだろう。

五時二十分。

家々は静まり返っているが、どこかに朝の気配も流れていた。

「待とうか。五時半まで」

「なぜ?」

「やつが、警察を呼んだかもしれない」

「それはしない。臑《すね》に傷が多すぎてね。きのうのことだけでも、大打撃なんだ。警察は呼んだりしないさ」

「自分ひとりで、俺とやり合おうとするか」

「逃げてなけりゃだが」

「俺を殺したがってる。自分から出かけてきたんだぜ。おあつらえむきだろう」

「まあな」

「落ち着いてきたね、門脇さん」

「もうすぐ、終りだと思うからな。あんたがやられるにしろ、義弟がやられるにしろ、終りは終りだ」

私は、煙草に火をつけた。

ハンカチを出し、ステアリングを拭《ぬぐ》った。

「なにをしてる?」

「癖さ」

「おかしな癖だ」

「緊張すると、こんなことばかりしたくなる」

私は、窓ガラスを降ろして、煙草の灰を外に落とした。

門から、五十メートルほど行き過ぎたところに、車を停めていた。人通りは、いまのところまったくない。

「前から、疑問に思ってたことだがね」

外から吹きこんでくる風は、冷たかった。暖房のスイッチを入れた。エンジンはかけたままだ。

「岡本は、なぜフロリダなんかに手を出してきたんだ。日本人相手なら、西海岸にいくらでもいい場所があるのに」

「それは、私も疑問に思ってた。どうも、あいつのバックにいる存在が関係してるんじゃないかと思う。資金のかなりの部分も、そこから出てるのかもしれない」

「銀行融資を受けるんじゃなかったのか？」

「本人は、そう言ってる。事実、関係の深い銀行はあるさ。それでも、融資額は、驚くほど少ない。私が驚くほどだ」

「なるほどね。それでバックにいるってのは、日本人なのか？」

「そうだろうと思う。私は、いると感じてるだけで、詳しくは知らない。あいつも、この点についちゃ喋ろうとしないし」

「そいつが、なんでフロリダに手を出したかだな」

「義弟は、ただの手先かもしれんよ。もっと巨大なバックがいる、と思うと納得がいくことがいくつもある」

「しかし、フロリダだぜ」

私は煙草を消した。吸殻は、ズボンのポケットに放りこんだ。

「行こうか、そろそろ」

「私、ひとりでかね？」

「わかってたのか？」

「なんとなく、そんな感じがしてきた。ここで待ってる間にね」

「選べるよ、あんたは。ひとりで行って、俺が来たことを岡本に知らせるか、それとも俺の楯《たて》になって一緒に行くか」

「そういうのを、選択と言うのかね」

「どっちがいい？」

「ひとりで、行くよ」

「わかった。俺のジャンパーを着ていってくれ」

「抜け目がないね」

「人にゃ運ってやつがある。きのう俺が岡本と会った時は、スーツを着てた。岡本は、俺のジャンパー姿は見ていないんだ。この方が、間違えられんかもしれないぜ」

「そうとも言えるか」

「まだ落ち着いてるね、門脇さん」

「賭《か》けだ。私は博奕《ばくち》には強い方だよ」

私はジャンパーを脱いだ。そのまま、門脇に手渡す。

「行くか。慌てちゃ、かえってあんたと間違われるな」

「逃げちまってる、ということも考えられるよ」

私は、パイソンに残りの弾丸を五発装塡した。

門脇が、ジャンパーを着こみ、ドアを開けた。ルームランプに照らされた門脇の顔は、冷や汗が浮いて蒼白《そうはく》だった。

私は、車の中に残った。バックミラーを、じっと見つめていた。

門脇は、片足を引き摺りながら歩いていく。心持ち、速くなったようだ。

待てよ。思わず、言いそうになった。唇を引き結んだ。

門まで、あと三十メートル。

私は息を吐いた。ミラーの中の門脇は、やけに小さく見えた。

待てよ。また言いそうになった。

私はドアを開け、車から降りた。寒かった。シャツ一枚。寒いのは、躰だけではなかった。

門脇が、不意に走りはじめた。

「私だ」

かすれたような声だった。

「私だ」

声に、銃声が重なり合った。走っていた門脇が、なにかにぶつかったように尻を落とした。

門から、人影が飛び出してきた。なにか喚《わめ》いている。銃声が二発起きた。四五口径だろうか。かなり大きな音だ。

門脇の上体が、路上に倒れていた。

人影が走り寄ってくる。岡本。間違いはなかった。私の姿など、眼に入っていないようだった。なにか喚き、倒れた門脇の躰にまた銃弾を撃ちこんだ。

足が動きかかった。

人声がした。周囲の家の窓に、明りがいくつかついた。私は、その明りから逃れるように、路地に飛びこんだ。

岡本のいる場所まで、四十メートル。慎重に狙えば、ヒットできる可能性はある。パイソンの銃把を握りしめた。

寝巻姿の人が出てきた。二人。それからもうひとり。

岡本は、門脇の躰のそばに立っていた。自分が撃ったのが門脇だと、気づいたのだろうか。表情は、よく見えなかった。

私は、パイソンの撃鉄をあげ、構えた。

岡本が、寝巻姿の男の背中と重なり合った。待った。人が、もっと多くなってきた。

遠巻きにして見ている。子供の姿まであった。

私は、パイソンの撃鉄をそっと戻した。ベルトに、銃身を挟みこむ。

路地の奥にむかって歩いた。

闇に、同化していくような気分だった。心の中は、もっと暗い。誰にも会わなかった。

ひとつむこうの通りに出た。そこに事件など、なにもなかった。しんと寝静まっているだけだ。

煙草に火をつけた。ジッポの蓋《ふた》の音が、寒々しく響いた。

パトカーのサイレンが聞えてくる。まだ遠くだ。

寒さで、私の躰はふるえはじめていた。煙を吐いた。ただ吐いただけだ。煙草の味など、どこにもなかった。

17　ロン・コリ

船に戻ってきた。

午後四時。陽《ひ》はもう翳《かげ》りはじめている。

部屋のドアをノックされたのが、九時少し前だった。刑事が二人立っていた。

それからずっと、尋問が続いたのだ。

「ロン・コリ、やるかね？」

「やめとこう。それより、しばらく眠りたいね」

「一杯やってからの方がいい」

土崎は、勝手にロン・コリを作りはじめた。ラム酒を生《き》のままの方がいい、と私は思った。思っただけで、言いはしなかった。

デッキチェアに腰を降ろしていると、臙脂《えんじ》のポルシェがやってきた。運転しているのは、坂井という若いバーテンだ。川中は助手席にいた。

「よう」

船に近づいてきた川中が、陽気そうに声をかけてきた。私は、ロン・コリのグラスをちょっとだけあげた。

「絶妙だったな」

「なにが?」

「言っちゃいかんのか?」

「別に。なにを言いたい」

「岡本が、門脇を撃つとはね。考えてもみなかった」

「それが、絶妙なのか」

「そう感じた」

「俺は、いま酔っ払おうとしてるとこでね」

「ロン・コリだな。俺も一杯、あの親父《おやじ》さんに作って貰いたいな」

「いいとも」

川中が、船に乗りこんできた。

坂井は、ポルシェから『レナ』へ荷物を運びこんでいる。食料のようだった。長いクルージングでもする気なのだろうか。

「これから、三河《みかわ》湾の沖を流してみようと思ってね」

「なにを狙う?」

「別に。かかりゃなんでもいいのさ。もっとも、坂井にゃ狙いがあるらしいが」

土崎が、ロン・コリをひとつ川中に持ってきた。

「いけるね」

口に含んだ川中が言った。

「でしょう。ハバナクラブの三年物と、砂糖が決め手でね」

「グラニュー糖なんかじゃ駄目なわけだ」

「まあ、飲みたきゃ船に来るんだね」

葉巻の煙を吐きながら、土崎が笑った。

「浮かない顔をしてるな」

「いやな日もあるさ」

「警察に引っ張られたんだそうだな」

「いまは、ここにいるよ。こうして、酒まで飲んでる」

「キドニーは、いい弁護士さ」

「それだけじゃない」

私が釈放されたのは、アリバイがあったからだ。私は、ひと晩じゅう船にいて、戻ってきたところだと申し立てた。細かいことを喋るのが、面倒だったのだ。

ところが、裏をとられた土崎は、夜中から私と二人で海に出た、と証言した。

タクシーの運転手が見つけ出され、『レナ』からマリーナまで、私に、威されながら走ったことを供述した。尾行《つけ》ていた二人も、私が船で沖へ逃げたと言ったようだった。

誰にも見られていなかった。偶然、見られなかっただけだ。

私から電話があったとまくしたてているのは、岡本だけだった。岡本の女は、電話は門脇からだったと言った。

門脇が着ていた、ジャンパーが問題になった。しかし、私がきのう着ていたのがスーツであることは、いろんな人間が証言したはずだ。

ジャンパーのことを訊かれたが、工事現場で盗まれたようだとだけ、私は言った。

すべてが、私がいいように展開していた。私の姿を見たのは、門脇だけのはずだ。キドニーが現われて交渉すると、警察も私を解放せざるを得なくなったのだ。

最後に、右手の硝煙反応を、さりげなく調べられた。

私が撃ったのは三二口径一発だけで、しかも左手だった。

「なに考えてる?」

「別に」

「口数が少ないぜ」

「高みの見物ってのは、面白かっただろうと思うよ」

「皮肉かね」

「本心さ」

私も見物をした。結局はそうだった。

言いはしなかった。流れのままに動いた。その場その場で考え、結果としてこうなってしまったのだ。

「なんとなく、見えてるよ」

「どんなふうに?」

「それは、言うことじゃないだろう」

「構わんよ、俺は」

「運があった。そういうことじゃないのかね。事件の話を聞いた時、俺は思わず笑いそうになったくらいだよ」

「勝手に笑え」

「気にするなよ」

「なにを？」

「なにもかもさ。海で忘れちまえばいい。日本の海も、なかなかなもんだぜ」

「前にも、そう言ったよ」

「なんでも、呑《の》みこんじまう海だ。俺はそうして、忘れることにしてる」

「忘れなきゃならんことが、君にあるのか。どの道、捨てた女のことかなんかだな」

「殺した女のことさ」

「ほう」

「殺した男もいる」

「何人？」

「数えたことはないな」

川中が、ロン・コリを飲み干した。土崎が、すぐに新しいグラスを持ってきた。

「モヒートってやつ、知ってるかね？」

「あの草が、手に入らねえんでね」

「捜してみよう、今度」

「缶詰なんかじゃ、駄目だぜ」

「わかってるさ。親父さん、葉巻が好きなのかね？」

「海じゃ、こいつが一番だ」

「貰いものがある。ハバナ産だ。ロン・コリの礼に、届けさせようか」

「ありがてえな。アメリカじゃ、ハバナ産は手に入らなくてね」

私は、煙草に火をつけた。

「気を取り直せよ、旦那《だんな》」

「俺は、静かに愉しんでるだけさ」

「なにを？」

「海の匂《にお》い」

「いいね」

「それから、風もな」

相変らず、風は強かった。時化《しけ》の前兆なのかもしれない。

煙草を、空缶の灰皿で消した。船にいる間だけは、私も土崎もマナーがよかった。決して海に捨てたりはしない。

「大物をあげてやる。これからな」

「ふん」

「俺の手は、人を殺したことがあるんだよ、秋山さん」

「どういうことだ？」

「ほんとのことを、言ってる。俺の仲間内は、みんな知ってることだ。キドニーも、よく知ってる。昔のことだがね。それから、何人も死なせた。それは自分の手ではなかったがね」

「俺に、なぜそういうことを？」

「喋ってみたかった。なんとなくな」

私は、ロン・コリを飲み干した。

「時化るのかな？」

「多分、今夜は保《も》つだろう。俺と坂井は、そう睨んで店を休むことにしたんだ」

「保たないかもしれんぜ」

「その時は、その時さ」

「運ってやつかね」

「まあ、そうだろう」

土崎が、新しいロン・コリを私に持ってきた。

いつもより、ラムが少し強いようだった。

18　闇《やみ》

ヨットが揺れている。

マストの先端の動きがあるので、モータークルーザーを見ているより、はっきりと揺れがわかった。

マリーナの駐車場に、ほかの車はいなかった。新年早々に、船を出そうというもの好きもいないのだろう。一月十日。三日前に、私は東京から戻ってきたばかりだった。

土崎が『キャサリン』の舳先《へさき》につけた松飾りは、すでに取られている。いつもの姿で、彼女は浮いていた。

私は後甲板に昇り、周囲の船の様子を確かめてから、キャビンに入った。

毎日土崎が掃除しているので、彼女はどこもかしこも、磨きあげられていた。五段ある階段を降りて、クルーズスペースに潜りこんだ。かすかに、葉巻の匂《にお》いがしみついているのが感じられる。土崎の寝具《しんぐ》は、きれいに折り畳まれていた。見かけより、ずっと綺麗《きれい》好きで、神経質な男だ。

私は、ベッドの下の物入れを掻《か》き回した。箱。すぐに見つかった。拳銃《けんじゅう》が二挺《ちょう》。私は、パイソン357とハロー・ポイントのカートリッジを取り出した。ガバメントの方はそのままにして、箱を物入れに押しこむ。

キャビンに戻ってくると、ハバナクラブの八年物を、ブリキのカップに注いだ。ひと息で飲み干したが、胃がちょっと灼《や》けただけだった。酔いなど、いつまで経《た》っても訪れてきそうもない。

弾倉が空であることを確かめ、パイソンを二度作動させた。具合はいいようだ。油もちゃんとくれてある。弾倉にカートリッジをつめた。銀色の薬莢《やっきょう》。冷たく、重たかった。二十発あったカートリッジが、十四発になった。私はそれを、マルボロのハードパッケージに詰め、革ジャンパーの胸ポケットに収めた。

もう一杯、ハバナクラブをひっかけた。

十二月から、土崎も街に小さな部屋を借りて、そこに住んでいる。彼女はひとりきりだが、これだけきれいに磨きあげて貰《もら》えば、不満もないだろう。

土崎は、七人ほど客が入れる、小さな焼鳥屋をはじめた。『ブラディ・ドール』から、それほど離れてはいない。本格的な酒場をやる気は、ないようだ。フロリダにあった土崎の酒場も、本格的なものではなかった。

しばらく、かすかな揺れに身を任せていた。陸揚機のすぐそばに、『レナⅢ世』が繋留《けいりゅう》されているが、人の姿はなかった。

私は、パイソンを腰の後ろの方のベルトに挟みこみ、キャビンを出た。

冬にしては、穏やかな風だった。

濃紺《のうこん》のボルボに乗りこんだ。二万キロちょっと走ったやつを、東京で見つけた。エンジンは快調だった。オートマチック仕様だが、結構スポーティな走りもできる。

ラジオをかけた。別のことを、考えていたかった。私の借りている土地のそばを通った。川中の土地の工事は、すでにはじまっている。クラブハウスと、陸揚げした船の置場。それだけで満杯になる。私の土地に、賃貸のマンションと、小さなホテルが建つことになっている。それはまだ、設計段階だ。

自分の部屋に戻ってきた。

私はベッドに横たわり、天井を見つめた。電話が鳴った。私が戻ってくるのを、待っていたようなベルの音だった。

「出かけてたの？」

「ああ」

「忘れちゃったんじゃない、約束？」

「急用ができちまった。済まないな」

「急用って？」

「大したことじゃないが、躰《からだ》をそっちへ持っていくことはできそうもないな」

「そうなの」

「埋め合わせはするよ」

「そんなこと、いいけど。でも、急用ができたなら、すぐに連絡してくれないかしら」

「悪かった」

「どうしたのよ?」

「仕事のことさ。トラブルってほどのことはない」

菜摘と、夕食を一緒にする約束をしてあった。手料理の材料は、すでに揃《そろ》えてしまっているだろう。四時までに部屋に行くという約束だった。もう五時を回っている。

「悪いな。せっかくの日曜だってのに」

「気にしないで」

しばらく、沈黙の時間があった。私は、無言でなにかを菜摘に語りかけていた。

「心配だわ」

「なにが?」

「ほんとに、仕事のトラブルなの?」

「ほかに、どんなことが起きるってんだい?」

「だったら、いいんだけど。あたし、最近いやなことばかり考えるわ」

「よせよ、新年早々」

「そうね」

「君らしくない。いやなことなんて、起こりようもないさ」

電話を切った。

しばらく、私は天井を眺め続けていた。

電話。二度眼《め》をやった。三度目は、耐えた。天井を眺めながら、ただ待っていた。

肚《はら》の底から、怒りがこみあげてくる。それをどこへ持っていけばいいのか、いまのところわからなかった。待つことしか、私にはできない。

一時間ほど、そうやって私はじっとしていた。窓の外は、すでに暗くなっている。

ベルが鳴った。

三度目の音が鳴りはじめると同時に、私は受話器を取った。

「俺だよ」

土崎だった。

「そろそろ、沖へ出ようって声がかかるんじゃねえかと思ってな」

「ちょっと、その暇はないな」

「日曜だぜ」

「悪いが、『レナ』へ行かなくちゃならない。二年越しの約束でね」

「そういうことか」

「明日の早朝の出航としても、どうも時間が合いそうもない」

「ま、野暮は言わねえさ」

土崎は、すぐに電話を切ろうとはしなかった。かすかに音楽が聴えてくる。喫茶店からでもかけているのか。

「なにか、ほかに？」

「いや、別にねえんだが。どうも、なんか気になってな」

「というと？」

「だから、なんかさ」

「俺は、元気だよ」

「そんなこたあ、わかってる。年寄りの心配ってやつかな」

「なにを、心配しなきゃならないんだね？」

「なんにも、起きねえことさ。マリーナの建設は、はじまった。あんたも、あそこにホテルを建てようとしてる。このまま、静かに全部終っちまうのかね」

「多分な。あそこの広い造成地が、リゾートタウンになろうが、ベッドタウンになろうが、マリーナはマリーナで進んでいくだろう。俺のホテルもさ」

また、土崎が黙った。じゃ、と言って私の方から電話を切った。

窓際に立った。六階から見えるのは、むかいの建物の屋根くらいのものだった。すでに暗くなっていて、それも闇《やみ》に溶けこんでいる。

パイソンを抜き、弾倉を回した。闇の中に光る一点に、照準を合わせる。しばらく、そうやって構えていた。

光る一点は、遠くのビルの屋上の明りだった。屋上へ出るためのドアの上に、電球がひとつついているのだろう。

キーラーゴを思い出した。

コンバーチブルのメルセデス五〇〇。シートに流れた血。人形のようになった、安見の母親。もう一年近くも前のことになる。

なぜ、俺が殺されなかったのか。何度も考えたことだ。それでも、ひとりの時は、しばしばそういう思いが湧《わ》いてくる。

岡本は、逮捕された。大星開発は、倒産して一時新聞を賑《にぎ》わせた。すべてが、終ったはずだったのだ。

眼を閉じた。パイソンが右手に重たい。拳銃を使わせたら、私の腕はかなりのものだ。必要があって、練習したわけではない。なんとなく好きだった。それだけのことだ。二十五メートルの距離で、両手保持《ツーハンドホールド》ならマッチ箱を撃ち抜ける。

頭の芯《しん》が、時折絞めつけられているような感じがした。気づくと、奥歯を顎《あご》が動かなくなるほど嚙《か》みしめているのだ。力を抜く。歯が鳴った。寒いからだ、と私は自分に言い聞かせた。

電話が鳴った。

受話器を取る前から、あの男からだということがわかった。濁声《だみごえ》の、関西訛《なまり》のある男。名前も知らなければ、顔を見たこともない。声を聞いたのも、今朝がはじめてだ。

「用意はええかいな?」

「いつでも」

「ほんまやろうな?」

「嘘《うそ》をついて、どうなる?」

「ま、お手並を見せて貰おうやないか」

「時間が欲しい」

「そりゃ、やれんわ」

「あの男が、ひと筋縄でいかないことを、あんたよく知ってるだろう」

「そやから、秋山さんに頼んでまんがな」

「俺にも、簡単なことじゃない」

「ええよ、好きに時間かけて」

「待てよ」

「待てるかいな。待てんから、こんなことしとるんや」

「わかった」

「いつまでに、やるつもりや」

「今夜」

「あとのことは、やったとわかってからや。とにかく、あんたが動いてくれんことにゃ、話にならんわな」

「わかってるな」

「しつこいで。何遍同じことを訊《き》きゃ、気が済むんや」

「今夜、すべて終らせる」

「明日の朝、電話するわ。そん時でよろしいな、あとの相談は」

「その時でなけりゃ、なんの相談もできはしないんだろう」

答はなかった。

電話が切れた。まだ、六時になってはいない。

私は、ベルトにパイソンを挟み、煙草《たばこ》に火をつけた。闇の中の光る一点は、やはり動いていない。

ただ、闇がさっきよりも濃くなったように感じられるだけだ。

19　日曜日

ボーイは、私を止めようとはしなかった。

はじめてここへ来た時は、入口でまだ開店時間ではない、と言われたものだ。川中と藤木が、カウンターに並んで腰を降ろしていた。バーテンは坂井だ。ほかに人気はなく、店の中は静かだった。

坂井が、私を認めて頭を下げた。川中と藤木は、そばのスツールに私が腰かけるまで、振りむこうともしなかった。

「俺も、シェイクしたマティニーってやつをくれ」

「めずらしいな。宗旨《しゅうし》変えか」

「気まぐれさ」

坂井が、ちょっと口もとで笑った。

「ここじゃ、仕事の話はしないことになってる」

「わかってる。気まぐれに一杯やりたくなっただけだ」

「それなら、歓迎だな」

この店へ来るのは、三度目だった。二度目の時、私は奥の席で岡本と会ったのだ。『ブラディ・ドール』。名前が気に入らなかった。いやでも、なにかを思い出させる。

坂井が、片手でシェーカーを振った。見事なものだった。量も、ぴったりカクテルグラス一杯だ。

「いけるね」

　味は、わからなかった。そう言ってみただけだ。

「邪道だ、とみんな言うがね。飲み方にも作り方にも、邪道なんてもんはない」

「最初のテストがこれでしてね。この店に雇って貰う時の」

「意地の悪い店だ」

　それも、言ってみただけだった。私は、別のことを考えていた。

「船の名前、年が明けたら変えると思ったんだがな」

「いい名前だと、俺は思ってる」

「奥さんからとったもんだろう。忘れちまえよ」

　川中の言い方は、サラリとして気持にひっかかってくるところはなかった。

「忘れたくない。それに、娘が気に入っててね」

　言った瞬間に、カクテルグラスを持った私の手が、ふるえた。私はグラスをカウンターに置き、煙草をくわえた。坂井が、さりげなく灰皿を出してきた。藤木は相変らず口数が少ないが、私の手もとあたりにじっと眼を注いでいた。

「この店の名前も、俺は気に入らんよ。お互いさまじゃないか」

「なるほどね。気に入らんかもしれんな」

　手のふるえは、もう止まっていた。

ボーイがやってきて、藤木になにか言った。

「駄目だ」

藤木は、短くそう言った。グラスに残ったマティニーの半分を、私は飲み干した。

「キドニーが、新しい秘書を雇ったのを、知ってるかね」

「いや」

「年が変るごとに、新しい女の子を雇うのが、あいつの趣味でね」

「前にいた女の子は、感じは悪くなかった」

「なんだかんだと理由をつけて、年の終りにやめさせてしまう。もう何人目になるかな」

「気が多いってやつか」

「違うな。一年以上そばに置いておくと、好きになるかもしれんと恐れるわけさ」

「それはそれで、いいじゃないか」

「やつにとっちゃ、よくないのさ。ちょっと見れる女の子だぜ。行ってみるといい」

「好きになるってのは、女の子がキドニーを好きになるのか？」

「反対だ。女の子はいつだって自分を好きだと、あいつは思ってるだろう。自分の気持が怕《こわ》いんだ」

「そうなる男がいる。わかるような気もするね」

ベルトに挟んだパイソンを、私は革ジャンパーの上から触れた。店の中は、ようやく暖房が効きはじめている。革ジャンパーのファスナーをあげたままでは、ちょっと暖かすぎるという感じはあった。

ファスナーに手をかけた。半分ほど降ろす。藤木が立ちあがった。そこで私はファスナーから手を放した。

大きく、息を吐いた。

藤木は、さりげなく坂井になにか指示し、ボーイをひとり呼んだ。なぜ立ったのか、判断はできなかった。偶然だったのかもしれない。

「六時に、一杯のドライ・マティニー。それも腕のいいバーテンに、わざわざシェイクして作らせる。ちょっとキザかな」

川中が笑った。笑うと少年のような顔。はじめてここで会った時から、この男の印象はまったく変らない。

「話があるんだがな」

「ほう。なんだね?」

「ちょっとこみ入ってる。ここじゃないところで、というわけにはいかないか?」

「構わんよ。七時から人に会わなくちゃならん。九時か十時になっちまうが」

「今夜じゅうなら」

「オーケー。『レナ』で待っててくれ」

「ほかの場所がいい」

「じゃ、シティ・ホテルか。照れるなよ。ありゃ、なかなかの女さ。鳶《とんび》に油揚げをさらわれた心境なんだぜ、俺は」

「そういう意味で言ったんじゃないが」

待合わせに、岬の突端の人っ子ひとりいない場所というのも、奇妙なものだ。

「いいよ。『レナ』で待ってる」

思い直して、私は言った。

「秋子って名前で呼ぶのは、今年からやめにした。秋山秋子じゃ、できすぎてるからな」

「どういう意味だ？」

「二人がそうなればいい、と俺は思ってる。すぐにというのは、君には無理かもしれんがね」

川中のもの言いは、いつも真直《まっす》ぐにこちらに切りこんでくる。一瞬戸惑うが、いつもなら気分の悪いものではなかった。今夜は、別だった。悪くもなければ、よくもない。

「じゃ、『レナ』で」

私は腰をあげた。ドライ・マティニーの勘定を払うべきかどうか、私はちょっと迷った。払うと言えば、川中は貸しだと言うだろう。

「借りたよ、マティニー一杯」

「遅くても、十時までには行く。いなけりゃ、菜摘さん口説いちまうぜ」

私は、ちょっとだけ笑い返した。冗談など、どうでもよかった。笑ったのは、なにも言葉が出てこなかったからだ。

外の通りは、ようやくネオンに灯が入りはじめていた。それでも、数は少ない。人通りもあまりない。日曜なのだ、と私は思い出した。

『ブラディ・ドール』は年中無休だが、『レナ』は休みのはずだった。

電話ボックスに入り、私は『レナ』の番号を回した。

「今夜、十時ごろそっちへ行くよ。川中さんと会うことになってる」

「社長から、電話があったわ。いま受話器を置いたとこよ」

「悪いな、休みだってのに」

「社長に会う時間はあっても、あたしの夕食はすっぽかすってわけ」

「今度、いつか」

「どうしたの？」

「なにが？」

「いつもは、そんな言い方しない人よ」

「いろいろあってね」

「そう。いつかね」

「いつか、話せたら話そう」

束《つか》の間、沈黙の時間があった。

むこうから、電話が切れた。

私は、土崎の店の方へ歩いていった。大した距離ではない。

店を開いたばかりという感じだった。気のない表情で顔をあげた土崎が、おや、という眼で見つめてきた。

「ここも『ブラディ・ドール』と同じだな。助かるよ」

「なにが?」

「年中無休」

「冗談だろう。気まぐれに、店開いてみただけさ。明日、沖へ出ねえなんて言うからな。俺としちゃ、やることねえだろうが」

「ひとりででも、出りゃよかったのに」

「なんとなくな、海の上にひとりってのが、わびしいような歳《とし》になってきた。不思議なもんだ。好きでたまらねえのによ。ひとりじゃ気持の遣《や》り場がなくなっちまう」

コップの冷や酒が出された。ようやく、炭を入れたところらしい。まだ焼鳥の匂いはしていない。

「どうしたい?」

「そこよ。俺は漁師のとこへ行って、空のことをいろいろ訊いてる。いつでも読めるよう
「日本の空も、読めるようになるさ」
くともバラクーダの三、四本はあがったものだ。フロリダでは、そういう習慣だった。
土崎に電話をして、釣に出られるかどうか訊く。大丈夫だと保証してくれた時は、少な
こたあなかったもんだが」
「ところがよ、日本の空ときちゃ、どうにも俺と性が合わねえ。フロリダじゃ、はずれた
「土崎さんがそう言うなら、間違いはないだろう」
「明日は、荒れるかもしれねえな」
たせている。
ようやく、焼鳥独特の匂いが漂いはじめた。土崎は、器用に団扇《うちわ》を使って、炭を燃えた
「まったくだ。俺も身にこたえてるよ」
「そうかな。カゼ気味かもしれん。日本の冬は、久しぶりだし」
「なんか変だぜ、あんた」
と思ってな」
「ああ、これからだ。彼女はちょっと用事があるらしい。ここで、しばらく時間を潰《つぶ》そう
「渡辺《わたなべ》さんのとこじゃなかったのか？」
「なにが？」

になって、またあんたに当てにされたいしな」

「当てにしてる。いまでも」

冷や酒は、水のように胃に流れこんでいく。土崎が、焼鳥屋でロン・コリを出さないのは、どうせ客にわかるはずがないと思っているからなのか。それとも、カリブ海の思い出に、海の上でしか作らないということなのか。

「いいのか、そんな飲み方して。冷や酒は、あとで効いてくるぜ」

「そうだよな」

私はコップを置いた。暖房は、焼鳥用の炭だけという店だ。革ジャンパーでちょうどよかった。

「お嬢は、もう学校がはじまってんだよな」

手がふるえた。奥歯を噛みしめすぎて、頭の芯まで痺《しび》れたようになった。

「日本の学校で、苦労してんじゃねえだろうな。苛《いじ》めるのがいたら、それこそ父親が出ていってやらにゃな。子供の喧嘩《けんか》に親って考えなくてもいい。お嬢は、特別なんだ。ただ、アメリカの学校から日本ってんじゃねえんだ。子供はな、一度にたくさんのものをなくさせちゃならねえんだ」

「苛められるのが、なんだ」

吐き出すように、言っていた。

「なんだと？」

「悪かった」

「苛められてんのか、お嬢は？」

「いや」

苛められているくらいなら、いい。自分で闘えることだ。

「酒」

「荒れてるね。やっぱり、明日は時化《しけ》だな」

口調は冗談のようだったが、土崎の眼はじっと私を見つめていた。

20 銃創

十時きっかりに、私は『レナ』の扉を押した。

川中は、さきに来ていた。駐車場にポルシェはなかったから、タクシーでも使ってやってきたのだろう。

「十五分、待ったぜ」

「とにかく、飲んでくれ」

「飲んでるさ、もう」

「俺の見ている前で、一杯」

菜摘が、ショットグラスにワイルド・ターキーを注《つ》いだ。川中が、じっと私を見つめたまま、グラスの酒を口に放《ほう》りこんだ。

私は、一万円札を一枚、カウンターに置いた。菜摘が、怪《け》訝《げん》そうな表情をする。川中は、私を見つめたままだ。

「さっきの借りは、返したことにしていいかな?」

「いいとも」

「悪いが、ちょっと付き合ってくれないか?」

「どこへ?」

「すぐ、そこさ。浜でいい」

声が、錆《さ》びついたようになっていた。

「冬の風ってのも、悪くはないよな」

川中が、スツールから腰をあげた。

「ちょっと。どうしたっていうのよ?」

「川中さんに、話がある。悪いが、しばらく二人だけにしてくれ」

「変よ、今日は。電話の時から、ずっとなにか変だった」

「いつか、話すよ。話せたら、話す」

「あんた」

カウンターを出てこようとした菜摘を、川中が手で制した。

「行こうか、秋山さん」

潮灼《しおや》けした顔が笑った。白い歯が、こぼれた。私は、瞬間眼を閉じた。

川中が、さきに立って外へ出た。駐車場から回っても、浜はすぐそばだった。

明りといえば、県道沿いに等間隔にある街灯だけだった。それに県道を行く車のライト。

海面が、時折照らし出される。いくらか荒れた海だ。

「話ってのは？」

砂の上で立ち止まり、川中が言った。低い声だが、よく透《とお》る。船に乗る人間は、みんなそんな声を持っているものだ。車の音は、波の音が消していた。

「話は、ないんだ」

「どういうことかね？」

返事の代りに、私はパイソンをベルトから引き抜いた。

撃鉄をあげる。その音も、よく透った。

「見えるかね、川中さん」

「おもちゃじゃなさそうだな」

「これで、あんたの心臓を撃ち抜かなくちゃならない」

「なぜ？」

「理由を知って、どうなる」

「それもそうだが」

肚《はら》は据っている男だ。怯《おび》えた感じは、まったく伝わってこない。眼を閉じて引金を絞っても、はずしそうもない距離だった。

「つらそうだね、秋山さん」

「俺は、撃つ」

「だろうな」

「悪いと思ってる」

眼を閉じた。引金を絞る。銃声。パイソンのものではない。倒れていたのは、私だった。撥《は》ね起きようとする。腿《もも》。自由がきかなかった。痛みはない。パイソンを握り直した。川中。どこにいるのか。

見えた。標的のように立っている。パイソン。手首を踏まれた。パイソンが、砂の中に押しつけられていく。川中ではなかった。川中は、五メートルさきに、ただ突っ立っている。

「なぜ撃った、藤木？」

川中の声。

「この人は、本気で社長を殺す気でしたよ」

「それは、わかってる」

「黙って撃たれる気だったんですか？」

「死ぬなら、それもいいなと思った」

「厄介な人だ、あなたは」

「秋山も、厄介な男だ。なにがなんでも、俺を殺そうとしてる」

手首を踏みつけている靴から、力は抜けていかなかった。どこかで。そう思う。ナイフ一本でもいい。のどに食らいついてもいい。どこかで、隙《すき》を見つければ。

パイソンに、手がのびてきた。弾《はじ》き飛ばそうとしたが、うまくいかない。片脚が、付け根からなくなってしまったようだった。

パイソンを捥《も》ぎ奪《と》られた。手首から、ようやく靴がどけられた。

立った。いや、立とうとした。また、砂の上に倒れていた。川中は、眼の前にいる。

「俺を尾行《つけ》てたのか、藤木？」

「まさか。お二人の約束が『レナ』だったんで、県道の横道に車を入れて、秋山さんがおみえになるのを、待ってただけです」

「余計なことだ。命を助けられたやつの言い草じゃないがな」

「私は、この世にいること自体が、余計なことでしてね」

「まあ、そうだな」

もう一度、私は立とうとした。倒れなかった。立ちあがりはしたが、前へ進むことができなかった。一歩。やっと一歩。

「無理するなよ、秋山」

「川中。どこにも行くな。そこにいろ。そこにいろよ」

「俺への、恨《うら》みじゃないんだろう？」

「動くなよ。そこにいろよ」

「それでも、なにがなんでも、俺を殺したいってわけだ。殺さなきゃならん。阿修羅《あしゅら》だぜ、いまのおまえは」

もう一歩。まだ、川中は遠い。砂が足をとった。倒れた。立ちあがろうとする。藤木が、手を添えてきた。

「とにかく、傷の手当てだ、秋山」

川中が近づいてきた。飛びかかろうとしたが、腕を藤木に押さえられている。

「出血が、ひどいですよ、秋山さん」

藤木の声は、囁《ささや》くようだった。腕を、振り払おうとした。川中が、そばに立った。片手をのばした。藤木が、手を放した。川中にむかって、私の躰は倒れこんでいった。腹に、一発食らった。

波の音が聞える。そう思った。

天井が見えた。

起きあがろうとすると、肩を押さえつけられた。『レナ』の二階にある菜摘の部屋。すぐにわかった。

「川中」

「落ちつけよ、秋山。藤木が、いま手当てをする。やつはここで、背中を切り裂かれた女の傷を、木綿《もめん》糸で縫い合わせるという芸当をやったこともあってね。任せていて、大丈夫だ」

「川中」

私は、もう一度起きあがろうとした。押さえつけてくる川中の手は、かなり強かった。

「秋山さん」

藤木の、囁くような声だった。

「お嬢さんが連れ去られたことは、知っています。失礼だが、東京のお宅の電話を調べて、御母堂とお話をしました」

安見。ここで、川中を殺さなければ。

「そういうことだったのか、藤木」

「夕方、店で、お嬢さんの話が出た時に、秋山さんの手はふるえていました」

「なるほどな」

「だから秋山さん、お嬢さんのことは、傷の手当てが済んでから、社長と話合ってくださ
い。多分、社長を殺すよりも、ずっと効果的な手段が見つかると思います」

躰から、力が抜けた。

汗を、拭《ぬぐ》われた。菜摘だった。眼が合う。落ち着いて。そう言っているようだ。

眼を閉じた。藤木が、腿の傷を消毒しているようだった。痛みはない。片脚が、付け根
からなくなってしまった感じが、まだ続いているだけだ。

「フル・メタルジャケットの弾丸《ブレット》を使いました。思った通り、貫通しています。問題は、
出血だけですよ」

「医者かね、君は？」

ようやく、私は落ち着きを取り戻していた。

「医者と思ってください、いまだけ。銃創は、病院に運びこむと面倒ですし」

「わかった。任せよう。俺はいま、死ぬわけにはいかない。拘束されるわけにもいかない。

とにかく、血を止めてくれ」

「麻酔なんてもの、ありませんよ」

「いいさ」

菜摘が、また額の汗を拭った。

しばらく、眼を閉じていた。口に、タオルが押しこまれたが、それも黙って受け入れた。

じゅっと音がした。全身に衝撃が走った。肉の焼ける匂い。

気が遠くなりそうだった。一瞬でも、私は安見のことを忘れたことを恥じていた。

「大丈夫でしょう。出血は止まったようです」

口から、タオルが引き出された。

藤木は、傷口にガーゼを当てて、テープでとめている。右の腿の外側を、後ろから前へ撃ち抜かれたようだ。

繃帯《ほうたい》も、しっかりと巻かれた。

私は、上体を起こした。

「川中さん。俺は、やっぱりあんたを殺さなくちゃならないよ」

「それで、娘さんは助かるのかね。ちゃんとした保証があるのかね？」

「それしか、いましてやれることはない」

「俺は、殺されても構わんよ。それで娘さんが助かるという保証があるなら」

「それしか、できないんだ」

川中が、拳銃を差し出してきた。私のパイソンだ。受け取った。川中と眼が合った。

「弾は抜いてない」

「死のうってのか？」

「娘さんが、確実に助かるならな。言わせて貰えば、俺は駄目だろうと思う。娘さんは、俺を殺すやり方で助けられるはずはない」

「なぜ、わかる？」

「やり方が汚ない連中だ」

「それは、わかってる」

「汚ない連中の考えることは、取引じゃない。いつも、自分をどうきれいに見せておくかということだけさ」

「娘には、関係ない。証人にもなれないだろう。俺は、どうなっても構わないよ」

「母親をなくして、一年後にまた父親をなくすのか。それでいいのか」

「どうしろというんだ？」

「それを、考えてみようじゃないか」

川中が、煙草を差し出してきた。

一本取った。菜摘がマッチを擦った。煙は、うまく肺に入っていかなかった。

「落ち着いてくれたようだな。撃ったのは、悪かったよ」

「よしてくれ。俺は、なんの関係もないあんたを、殺そうとしたんだ」

「関係は、あると思うよ」

「どういうふうに」

「それも、考えるさ」

部屋の中が、静かになった。

煙が、ようやく肺に入ってきた。川中を殺せ。濁声《だみごえ》の男はそう言った。娘の命と引きかえだ。安見も、電話口に出た。パパ。そう言っただけだった。

「胸が潰れそうだ。正直ないまの気持が、そうだよ」

私は、続けざまに煙を吸いこんだ。横たわったままなのに、めまいがして倒れていきそうな気がした。

「察するよ」

川中が、ポツリと言った。

波の音が聞えた。私は眼を閉じた。怒りが収まったわけではない。黒く冷たい塊のようなものが、肚の底にある。

「相当汚ないと考えた方がよさそうだな」

また川中だった。

「多少、調べてみたんですが、いまのところ正体までわかりません」

「正体を突きとめることが、やっぱりさきかな」

「お嬢さんを取り戻すにしたところで、相手が誰かわからないことには」

川中が、海にむかった窓を開いたようだった。波の音が大きくなった。風も入ってきている。

「秋山。この際だから、俺、おまえで喋《しゃべ》らせて貰う」

「いいさ。俺も、そうするよ」

私は眼を開けた。三人が、ベッドのそばに並んで立っていた。

「俺が、死のう。それが一番いい」

「死ぬというのは」

「つまり、おまえは俺を仕とめた。そういうことにして、相手の出方を窺《うかが》おうじゃないか」

「一発勝負だな」

「俺をほんとに殺すことも、一発勝負さ。しかもほとんど勝目のない」

「なにかやってみる。やってみるしかないのは、よくわかってるよ」

腿が痛みはじめていた。

「完全に、死んでしまわない方がいいという気もします。どこかに、余地というやつを残しておいた方が」

「余地か」

川中が、ちょっと笑った。

菜摘が、タオルで私の額を拭った。汗をかき続けているのだろうか。自分ではよくわからなかった。

21　松葉杖《まつばづえ》

部屋へ戻った。

戻るのは、ひと苦労だった。オートマチックのボルボの、アクセルもブレーキも、左足で踏んだ。それはなんとかなったが、車から降りてエレベーターに辿《たど》り着くまでに、十分近くかかった。

わずかだが、また出血しはじめている。

私は、電話をそばへ引き寄せ、ベッドに横たわった。

午前四時を、十分ほど回っている。冷えこんでいた。躰の芯に、凍るような寒さがあるのは、冷えこみのせいだけではなかった。

日本の寒さを知らない娘だった。フロリダは、セーターが必要な季節さえ、それほどない。安見が日本の祖母に会いにきたのは、一昨年とその前の年の、夏休みだけだった。

眼を閉じた。待つ以外に、いまの私にできることはなかった。

眼を開けた時、窓の外は白みはじめていた。眠っていたわけではない。眼を閉じて、叫び出しそうになる自分を、抑えていただけだ。

出血は、止まっているようだった。繃帯の血のしみは、黒っぽく変色している。

電話が鳴った。

「手短に話すがね」

土崎だった。

「藤木から、説明は受けてる。ひでえ真似《まね》しやがるもんだ。用事ってのは、あんたを『キャサリン』に移すことさ。俺が迎えにいく。『キャサリン』にいる方がいいってのは、川中の意見でもある。連中からの電話があったら、すぐに知らせてくれ」

「土崎さんを、巻き添えにしたくはないんだがな」

「川中を撃とうとしたろう。巻き添えもクソもねえぞ」

確かに、そうだった。安見を助けるためなら、川中であろうが土崎であろうが、銃をむけてもいいと私は思っていた。

「わかった」

「全部か？」

「ああ」

「じゃ、切るぞ」

土崎が電話を切った。

私はベッドで上体を起こし、パイソンの装塡《そうてん》を点検した。弾は、まだ一発も使われずにある。

外が、明るくなった。時間が経つのが早いのかどうか、よくわからなかった。

電話。六時を回っている。

「川中は、生きとんのか？」

「わからない」

「どういうことや」

「撃ち合いになった。川中も倒れたが、俺も撃たれた。それからさきは、わからない。俺の弾は、川中の胸を撃ち抜いているはずだ」

「死なんかったんやな」

「死んでるかもしれない。そっちで調べてくれ」

「そりゃ、あんたな」

「もし生きてたとしても、いまなら殺すのは簡単だ」

「殺せ、言うたんや、わいは」

迫力のある濁声《だみごえ》だった。安見を押さえているから、私には迫力がある。それだけのことだ。

「殺そうとした。殺しかかった」

「失敗したということやないか」

「それだったら、そうだ」

「娘はん、どないなってもいいんやな」

私は口を閉じた。受話器を持ちかえ、ひと呼吸置いた。

「ひとつだけ、言っとこう。娘が押さえられてるから、俺は川中を殺そうとした。むこうも、それなりの相手だったさ。だから、完全に殺すところまで、いかなかったかもしれない。いずれにしても、死にかかっていることは事実だが。俺にできるのは、そこまでだ。右脚を、マグナム弾で吹っ飛ばされた。一応付いちゃいるが、片脚さ」

「それでも、やった方がええ。あんたのためや」

「動けない。どうやれというんだ？」

「やらなきゃ、娘はんは不憫《ふびん》なことになるわな」

「いいか、よく聞け。俺はもう、動くのは不可能だ。だが、何か月か経てば、動けるだろう。娘になにかあったら、どんなことをしてもおまえを見つけ出す。そして、時間をかけてくたばらせてやる」

「どうやって、わいを捜すんや？」

濁声が笑った。煙草に火をつけているような気配があった。それ以外に音は聞えない。マッチではない。ジッポでも使い捨てのライターでもない、デュポンとかダンヒルのライター。蓋《ふた》を閉じる音で、私はそう見当をつけた。

「鈍い男だ」

「なんや。おちょくっとんのか」

「俺が、なぜ川中を殺さなけりゃならん。すべてが、あの土地さ。俺と川中が殺し合って得をする人間。そこから辿れば、おまえには行き着ける」

「そこまで読んでも、娘のために川中を殺しに行ったんか。ま、人の親やな」

関西訛が、微妙にひっかかる。ほんとうの関西訛なのか。それとも、装っているだけか。日本語のすべてが、まだ完全に耳に馴染《なじ》んではいない。判断はしにくかった。

「よっしゃ。あんたが、本気で川中を殺そうとしたかどうかは、こっちで調べさせて貰いますわ。ほんまやったら、あんたがやったことは認めてもいい。そやけど、簡単に娘はんは返せまへんぜ」

「どうしろというんだ?」

「世間にゃ、取引いうもんがあるやろ」

「俺の持ってる、借地権か?」

「ほかに、なんかあるいうんなら別やが」

「わかった」

「あっさりしたもんやな」

「娘には、代えられんよ」

「取りにいかそう、これから」

「それが、取引かね？」

「こっちは、絶対のもんを握ってんのや。主導権ってもん、知らんわけやないやろ」

「どうすればいい」

「場所をどこにするかや」

「船。マリーナに『キャサリン』という船がいる。そこで、渡そう」

「わかった。正午に取りに行くわ。前後、一時間は見といてや」

「娘は？」

「川中が撃たれてることと、土地の書類を確かめてからやな」

わかった、と私は言った。どこまでも、汚ない連中だ。それに腹を立てることが、いまは得策とも言えない。

「元気かだけは、確認させてくれ」

「そりゃ、そうやな。声だけでも、聞かせてやるのが人情ちゅうもんや」

電話。オルゴールにかわった。『峠のわが家』。しばらくして、別のところにつながったようだった。

「パパ」

安見の声。もう一度、くり返された。

「心配するな。必ず助け出してやる」

「大丈夫よ。あたし、大丈夫」

「もうちょっとだけ、我慢してくれ」

「来てくれるわよね、パパ。絶対来てくれるわよね」

「ああ」

電話が、切りかえられた。

「どや、元気やろ、娘はんは。指一本欠けとりゃへんで」

「正午だな」

「そや」

電話が切れた。

私はすぐに、土崎の番号を回した。

「正午に、船で会う。土地関係の書類を要求されたよ」

「正午か。わかった。俺が、いますぐあんたを迎えに行く。ひとりで、動こうとするんじゃねえぞ」

「待ってるよ」

電話を切ると、私はベッドから腰をあげ、キャビネットの縁に摑《つか》まりながら、ソファに躰を移した。パイソンを出し、装塡を確かめてみる。できることは、それくらいしかなかった。

なにも考えないようにした。考えると、叫び声をあげたくなってくる。

眼を閉じ、じっと待った。安見が生まれた時。頭に浮かんできた。私は、葉巻をひと箱買って、誰彼《だれかれ》となく勧めたものだった。

フロリダに、日本の資本などほとんど入っていなかった。西海岸のように、日本人街があるわけではない。私や土崎は、フラリと流れついて、その土地の人間として成功したようなものだったのだ。

安見が生まれた。流れ者が、生きることの喜びを、はじめて全身で感じることができた出来事だった。

眼を開いた。

窓の外は、きれいに晴れているようだ。

煙草に火をつけた。一度喫《す》いはじめると、一本では済まなかった。次々に、火をつけていく。十本ほど残っていたパッケージが、あっという間に空になった。

チャイム。返事をする前にノブが回り、土崎が入ってきた。

「きのうから、どうも様子が変だとは思ってたんだ。水臭《みずく》せえじゃねえか。お嬢は、俺にとってだって、大事な人間だ」

「ありがとう」

「川中とは、話をしておいた。あの人、病院に入っちまってんだな」

「どこの？」

「ベッドが二十くらいしかない、小さな外科さ。船仲間の医者らしい」

「ほかには？」

「藤木と坂井が動くみたいだ。とにかく、あんたを船に連れていくのがさきだ」

ソファから、腰をあげようとした。テーブルのパイソンに気づいて、私は手をのばした。ベルトに挟みこむ。

「しばらく、そいつを使おうなんて気は持たねえでくれよ。お嬢を無事に助け出すまで、そいつはいけねえよ」

「わかってる」

「いいものを持ってきた。俺が作ったんだがな」

土崎が、玄関に行って戻ってきた。松葉杖《まつばづえ》を一本持っている。

「こいつが、しばらくあんたの脚だ」

私は、黙って松葉杖を受け取った。

立ちあがる。右脚に、ほとんど体重をかけなくても、立っていることはできた。二、三歩、踏み出してみる。すぐに要領はのみこめた。

「これが俺の脚かと、冗談のひとつも言ってみるもんだぜ」

「こんな時だ」

「こんな時だからさ」

土崎が、玄関のドアを開けた。

22 肥っちょ

十一時半に、無線が入った。

「出せとよ、船を」

「海の上か」

「考えやがったもんだ」

私は、下のコックピットの椅子《いす》に腰を降ろしていた。

土崎が舫《もや》いを解きはじめた時、『レナ』が出ていくのが見えた。川中が乗っているのかどうかは、わからない。防波堤の外へ出ると、全開にしたようだ。白波を蹴立《けた》てて沖へ突っ走っていく。

「坂井が操縦してやがるのよ。威勢のいい走りっぷりだぜ」

「どういう話になってる？」

私は、エンジンキーを入れた。

後進《アスタン》をかけた。

「なにも心配することあねえ。こっちは、言われた通りに動きゃいいんだ」

それしかなさそうだった。船が、ゆっくりと栈橋を離れた。方向を変え、防波堤の出口に舳先《へさき》をむけた。

「しばらく、前進微速で、南西へむかえと言ってきた」

私は、舵輪《だりん》を操作した。冬の海にしては、それほど荒れていなかった。かすかな揺れがはじまる。防波堤を出たところで、レーダーを回してみたが、五海里圏内には漁船らしい船影がいくつもあった。

「むこうのレーダーは、こっちを捉《とら》えてるだろうな」

「どうせ、会うんだ。心配してみてもはじまらねえ。それに、ここであんたに勝負して貰うわけにもいかねえんだからな」

「この脚だよ」

「今日は漁船もいっぱい出てるだろう。都合はよかった」

その漁船の中に、『レナ』が紛れてしまうということなのか。私は煙草をくわえた。とうに暗礁は過ぎたが、相変らず前進微速で南西へむかっている。

海図《チャート》に眼をやった。南西の方角には、ただ海が拡《ひろ》がっているだけだ。

「パイソン、俺が預かろうか」

「いや。海図の棚に入れたよ。出す気になれば、すぐ出せるが」

「あんたが『ブラディ・ドール』に入ってきた時に、拳銃を持ってるとすぐわかったそうだよ。藤木って野郎、マフィアの用心棒みてえに眼が利きやがるな」

私が銃に手をのばそうとした時、藤木は立ちあがった。まるで、私の動きを遮るような動きだった。『レナ』で私を待っていたのも、川中に命じられたからではなかったようだ。

もっとも、川中は藤木がそうすることを、別に意外とは感じていない気配だった。なぜ撃った、と訊いていただけだ。

「人を殺そうと思ってる人間の眼が、野郎にゃわかるそうだ。あんたを見てると、本気なんだと思ったってよ。止めるにゃ、撃つしかなかったみたいだな」

撃たれたあとも、私は川中にむかっていこうとした。後ろから拳銃を突きつけられて制止ということになれば、私は自分が撃たれても川中を撃っただろう。

「ありゃ、すげえ男だよ。気味が悪くて、俺《おり》ゃ好きになれねえが」

私は、群青になってきた海面の色を見つめていた。南西へ微速で。それ以外の指示はまだ来ない。正午になろうとしていた。

「アッパーへ昇ってみるか」

「いや、やめときなよ」

「レーダーじゃ無理だ。肉眼で捉《とら》えるしかないだろう」

「捉えてどうなるってんだ。むこうがアッパーブリッジに昇って姿を見せろと言ってきたら、そうすりゃいいんだ」

「わかった」

私は煙草に火をつけた。『レナ』はどこにいるのかだけでも捜そうとしたが、レーダーでは無理だった。

煙草が、すぐ灰になった。二本目も同じだった。正午を十分回った。苛立《いらだ》ってくる気持を、なんとか抑えこもうとする。

土崎が、前方を指さして私に双眼鏡を差し出した。

白い船影。かなりスピードをあげて、こちらに真直ぐむかってくる。

「三十トン近くありそうだな」

「馬力もあるぜ、ありゃ。その気になりゃ、太平洋も越えられる。あんな船が、日本にもあるんだな」

「三浦半島のマリーナあたりには、いくつかいるようだった」

「おっ、無線じゃねえな」

土崎が、アッパーブリッジに駈《か》けあがっていった。手旗で信号を送っているようだ。

並走《へいそう》。そう読みとれた。

前進微速のまま、私は方向も変えなかった。前方の船。ゆっくりと方向を変えた。蹴立てた波の余波が『キャサリン』に伝わってくるまで、かなりの時間がかかった。

白い大型クルーザーの船上には、手旗信号を送ってきた男の姿があるだけだ。『サザンクロス』。船名はそう読めた。

並行してきた。距離は三十メートル。それ以上、近づいてこようとはしない。

「このまま、しばらく走って様子を見る気らしいな、連中」

アッパーブリッジから降りてきた、土崎が言った。

「何人乗ってる?」

「見えるのは、ひとりだけだ。あと何人いようと、関係はねえさ。あんたのやることは、ひとつだけだ」

「黙って書類を渡すか」

「少し寄せてきやがったぞ。こっちが、二人だけだって見当がついてきたんだろう」

「信号を送ってるな」

「停船せよ、か。でけえ口を叩《たた》きやがるもんだ」

「ただの信号さ」

私は、エンジンを停《と》めた。惰力《だりょく》で、しばらく『キャサリン』は動いていた。土崎が、パラシュートアンカーを流した。私は、コックピットを動かなかった。航走《はし》っている時とは、違う揺れ。ただ波に身を任せた揺れだ。ロープが投げられた。ボートフックものばされてきたようだ。

「あんたに出てこいとよ」

土崎が、後甲板から声をかけてきた。

私は、松葉杖を摑んだ。海図棚のパイソンに手がのびそうになったが、思いとどまった。船の中に安見がいるとは、考えにくい。

後甲板に出た。『サザンクロス』の後甲板は、『キャサリン』より一メートルほど高かった。

揺れの中でも、私は松葉杖一本と片脚で立っていた。人の動き。若い男が出てきて、次にでっぷり肥《ふと》った男が現われた。フード付きの、厚いオイルスキンを着こんでいる。それでも、男は寒そうだった。

「あんた、傷の手当てはどこでしたんだね？」

聞き憶《おぼ》えのある濁声《だみごえ》だった。しかし関西訛はない。

「この男さ。傷の手当てには馴《な》れててね。それに、貫通銃創だった。松葉杖を器用に作ってくれたのも、この男だ」

「勝負は、あんたの方が優勢だったんだな」

「川中は、死んだのか？」

「いや。しかし肺に弾を受けたそうだ。病院に運びこまれた時、かなり血が溜《たま》っていたらしい。助かるかどうか、五分五分のところだそうだよ。助かるとしても、二、三か月はないも同じだろう」

「病院で、銃創を看《み》て貰えるのか？」

私は、冷静だった。昨夜だったら、この男を撃ち殺していただろう。

「小さな外科病院さ。川中の知り合いらしくてね。警察に内緒で看て貰えるのは、そこだけってわけだ。ちょっと金を掴ませたら、思わせぶりに吐いてくれたよ。集中治療室もないとこでね。個室で点滴を受けてる川中も、確認してきたよ」

「念が入ったことだ」

「性格でね」

「関西弁の電話も、あんただな。声を聞いてわかったよ」

「一応の要心はしておくタイプだ」

「海の上で会おうというのもか？」

「まあ、そうだ」

男は、寒そうにポケットに手を入れていた。あまり船に強くはないらしい。小さな揺れが、わずらわしそうだった。

「持ってきて、貰えたかね」

「娘は？」

「船にはいない」

「約束が違うぞ」

「船で連れてくるとは、約束した覚えはないな。取引の主導権はこっちだ。それは言ってあっただろう」

「出せよ。渡してやんな」

土崎が横から口を出した。

私は、革ジャンパーの内ポケットに手を入れた。若いクルーがひとり、慌てて男の前に立った。私が拳銃を出した場合の、弾避《たまよ》けのつもりなのだろう。

茶色い封筒を、私は土崎に渡した。土崎は、船べりに摑まって封筒を差し出した。若いクルーが、それを受け取った。若い男が三人。それがほんとうにクルーなのかどうか、わからなかった。キャビンには、まだ何人かいるようだ。

「確かに」

封筒の中身を確かめて、男が言った。相変らず、寒そうに肩を竦《すく》めている。

「娘は？」

「全速でヨットハーバーに戻ってみろよ。抱きついてくるだろうさ」

土崎が、ロープを解いた。『サザンクロス』からのびていたボートフックも、はずされた。

さきに動きはじめたのは、『サザンクロス』だった。余波を受けて、『キャサリン』は大きく横揺れした。私は、両手で松葉杖を支えていた。

図体《ずうたい》の割りには、いい加速だった。それでも、せいぜい二十五ノットぐらいだろう。

「引き返そう」

私は土崎に言った。アッパーブリッジに駈けあがった土崎が、船の方向を変え、全速にした。『キャサリン』も、その気になれば二十ノット以上は出る。

飛沫《しぶき》が舞いあがりはじめた。私はキャビンに入り、コックピットの椅子に腰を降ろした。

安見は、ほんとうに帰ってきているのか。怪我《けが》ひとつしていない、無事な姿なのか。船を押すような気分だった。

十五分ほどで、船はマリーナに滑りこんだ。桟橋に眼をやったが、安見の姿はなかった。クラブハウスにも、人の姿はない。

桟橋につけた。

土崎が、器用にビットにロープを投げてひっかけた。

桟橋に松葉杖を抛《ほう》り投げ、私は這《は》うようにして桟橋に降りた。

松葉杖にすがって立ちあがる。パパ。どこからも、安見の声は聞えてこなかった。

私はクラブハウスを覗《のぞ》き、駐車場の車の方へ回った。

ほかに、見るところはどこにもない。いれば、安見の方がさきに私を見つけるだろう。

車のそばに、立ち尽していた。

「こんなもんさ。連中のやり方ってのはな」

土崎がやってきて言った。

「あの肥っちょの土手っ腹に、一発ぶちこんでやる」

「それも、お嬢を助け出してからだ」

「船の船籍を調べてくれ。船から辿って、相手を突きとめる」

「それも、やっちゃみるさ。だけど無駄骨だろうな。俺の見たとこじゃ、あれは雇った船だぜ。若《わ》けえのとは別に、ほんとのクルーがいたみたいだ。若けえののロープの投げ方とか、ボートフックの出し方なんて、素人《トウシロ》のやり方だった」

「どうすりゃいいんだ、それじゃ」

「落ち着けよ」

土崎の手が、私の肩にかかった。

「川中も、この件に関しちゃ、本気で乗り出してる。いまは、『レナ』からの連絡を待つしかねえんだよ。心配すんな。『レナ』は、レーダーで捕捉《ほそく》しながら、『サザンクロス』を追ってるはずだ。あの肥っちょの様子じゃ、いつまでも船に乗っていられそうもねえやな。

いずれ、どこかのマリーナに入るさ」

「それで、どうする。坂井が『サザンクロス』に乗りこむのか。そんなことをして、安見になにかあったら、どうする気だ？」

「落ち着けって。川中は、ほかのことを狙《ねら》って動いちゃいねえ。あの男は、そうだよ。わかるだろう、あんたにも。ほんとに、お嬢を助けてえと思ってるよ」

「それは、そうだろうが」

「川中を、あんたが撃ち殺してたとして、お嬢は無事帰ってきたと思うかね。さっきのやり口を見て、そういうことをする連中だと思えるかね？」

私は、煙草に火をつけた。

腿の傷が、かすかに疼《うず》きはじめている。それが、かえって私を落ち着かせた。

「待つよ」

「そうだ。それでいいんだ」

「船舶電話が入るのか？」

「いや。あんたは渡辺さんのところへ行け」

「菜摘のところへ？」

「川中からの連絡は、そこへ入ることになってる」

「なぜだ？」

「川中が、そう決めた。俺は、『キャサリン』で、『サザンクロス』がむかった方へ突っ走る。さも、あんたを乗せてるような感じでな。近くのマリーナを、ひとつずつ覗いていくよ。陽動作戦ってわけだ」

「俺は、菜摘のとこだな」

「オートマチックなら、片脚でも転がせるだろうが」

「わかった。すぐか？」

「待ってるはずだ、渡辺さんは」

私は頷《うなず》いた。

煙草を捨て、左足で踏み消した。

23　疾走

車を駐車場に入れると、菜摘が飛び出してきた。

「川中から、連絡は？」

「まだよ。それより、落ち着いて」

「落ち着いてるさ」

車から降りた。

私の松葉杖《まつばづえ》を取りあげ、菜摘が肩を脇の下にもぐりこませてくる。支えられるようにして、私は二階の部屋まであがった。

「傷を見せて」

「なぜ？」

「藤木さんに言われてるの。繃帯《ほうたい》を換えろって。寒い時だから大丈夫だろうけど、化膿《かのう》止めの抗生物質も貰《もら》ってあるわ」

「俺の頭は、そっちまで回らないよ」

「だから、あたしが回してるの」

繃帯を解かれた。出血は、もうほとんど止まったようだ。新しいガーゼと繃帯。私はじっとしていた。

「痛み止めの薬は？」

「いらない」

「じゃ、抗生物質だけ」

コップが差し出される。ブルーと白のカプセルを、私は呑《の》みくだした。

「ごめんなさい。こんなことしかしてあげられなくて」

「俺も、気の小さい男だよ」

「そんな言い方しないで。社長も、お嬢さんを助け出すことだけ考えてるわ」

「殺そうとしたのにな」

「あたしでも、そうしたと思う」

「ありがとう」

「もっと、なにか言ってあげられたらいいんだけど」

「いい。そばにいてくれ。川中から、ここに電話が入ることになってる」

「音楽、やめる?」

「いや」

「波の音が、あたし気になって」

レコードがかかっていることに、私ははじめて気づいた。

時計を見た。一時になろうとしている。まだ、大して時間が経《た》ったわけではない。

菜摘は、それきりなにも言わず、私とむき合って椅子《いす》に腰かけていた。眼《め》を閉じた。なにも、頭に浮かんでこなかった。再び眼を開ける。ベッドサイドの電話機が、まるで生きているもののように眼にとびこんできた。

三十分、経った。

電話は、沈黙したままだ。

菜摘が立ちあがり、コーヒーを淹《い》れてきた。

「ピストル、持ってるのね」

「ああ」

「ごめんなさい。変な意味で訊《き》いたんじゃないの」

「わかってるさ」

私は、熱いコーヒーを胃に流しこんだ。

一時間、経った。

電話は、沈黙していた。

苛立《いらだ》ちはじめているのが、自分でもわかった。煙草《たばこ》に火をつける。それを繰り返していた。いつの間にか、灰皿は吸殻でいっぱいになっていた。

三時を回ったころ、電話が鳴った。

「松崎のヨットハーバーだ」

川中の声だった。

「乗ってたのか、『レナ』に?」

「いや、俺は車だ」

「それで?」

「いまのところ、それだけだ。そこの駐車場に、藤木のスカイラインがあるはずだ。それで、こっちへむかってくれ」

「ボルボで行く」

「駄目だ。藤木の車には、自動車電話が付いてる。それで連絡を取り合わなくちゃならん。慌てる必要はないぞ。やつら、いまクラブハウスでビールなんか飲んでるそうだ」

「病院から、いつ抜け出した?」

「死にかかった俺を、確認させてからさ。顔に化粧なんかして、ちょっとおかしな気分になったぜ」

川中は、冗談で私の気を紛らわせようとしている。

「さっき、ビールなんか飲んでるそうだ、と言わなかったか?」

「言ったよ。それがわかれば、落ち着いたもんだ。俺も、まだ松崎に到着しちゃいない。船を近づけるのは危険だし、張ってるのは藤木さ。やつは、『レナ』からの発信音を頼りに、車で先行していた。電話でうかつに喋《しゃべ》ると、船の上は危険だからな」

「すぐ、ここを出る」

「追いつけるかな、俺のポルシェに」

電話が切れた。

私は松葉杖を摑《つか》んだ。

「運転、あたしがするわ」

「君は、ここにいろ」

「スカイラインは、ギア付きよ。その脚でクラッチを踏めて?」

「なんとかなる」

「道も、あたしの方がよく知ってる」

一瞬、私は迷った。

それから頷《うなず》いた。

菜摘に抱えられるようにして、私は階段を降りた。

落ち着いているつもりでも、そうではなかったのだろう。駐車場の隅のスカイラインに、私は来た時はまったく気づかなかった。

助手席に乗りこむと、すぐに電話の位置を確かめた。

スキッド音とともに、車が出た。

「松崎へむかってくれ」

「わかったわ」

菜摘の腕は、悪くないようだ。大胆にコーナーに切りこんでいく。

「心配しないで」

「川中は、ポルシェだ」

「負けはしないわ」

曲がりくねった海沿いの道を、百キロ近いスピードで走った。何度か、対向車がクラクションを鳴らした。構わずに、次々に先行車を抜いていく。コーナーの手前のブレーキング。シフトダウン。コーナーでかかってくる横Gを、私はシートベルトに掴まってこらえた。

「大丈夫よ。安全は確認してるから」

「わかってる」

菜摘は、額に汗の粒を浮かべていた。それを、直線に入った時にセーターの袖《そで》で拭《ぬぐ》う。すぐに先行車のテイルが迫ってくる。パッシング。クラクション。荒っぽい運転だが、危険は感じない。

「そんなに、時間はかからないから」

「焦るなよ、菜摘」

「急いでるだけ」

電話が鳴った。

「やつら、動きはじめたぞ。全部で四人だそうだ」

「どっちへ？」

「わからんが、山の中に入りそうな感じだと藤木は言ってる」

「山というと」

「あのあたりには、別荘地がいくつもあってな」

「いま、どこだ？」

「もうすぐ、松崎さ。そっちは？」

どこだ、と菜摘に訊いた。松崎まで十八キロ。言われたことを、繰り返した。

「どうだ、彼女の運転は？」

「荒馬だね」

「乗りこなすのが、楽な女じゃないぜ」

冗談。私の気を紛らわそうとしている。

「藤木は、ひとりか？」

「ああ。こういうことは、信用できる人間しか使えない」

「借りは、いつか返すよ」

「なにを言ってる？」

「借りを返すと言ってるんだ」

「悪いが、返して貰えるようなもんじゃないぜ、これは。俺も藤木も、命がけだ」

「だから」

「おまえが、落ち着いていてくれたら、それでいいよ、秋山」

「わかった」

「切るぜ。また藤木から連絡が入るはずだ」

受話器を置いた。

「山へ入りそうだと言ってる」

「別荘地ね」

「安見がいるなら、そこの可能性は強いと思う」

「もうしばらく、我慢して」

「済まないな」

「なにが？」

「君にまで、危い目を見せてる」

「放《ほ》っといて」

「大きな借りだ」

百二十キロ。対向車も、驚いて車を路肩に寄せている。

「借り？」

「ああ」

「馬鹿にしないで」

「なぜ」

「愛してるのに」

いきなり、菜摘が言った。

「あなたが愛してるものも、あたし愛してるわ」

「ありがとう」

そう言うしかなかった。

菜摘が、また汗を拭った。コーナー。フルブレーキ。ひとつ飛び越したシフトダウン。きついコーナーだった。やはり、道をよく知っているようだ。

「はじめてよ」

「なにが？」

「男に、愛してるって言ったの」

「そうか」

「愛してる」

叫ぶように、菜摘が言った。

「普通の時じゃ、とても言えない。いま、何度でも言っておく」

「俺も」

「あなたは、安見ちゃんのこと考えてればいいの」

先行車。クラクション。驚いたように左に寄った。

また、電話が鳴った。

「山へ入った」

「わかった」

「そっちは、松崎の市街に入るな。手前に、別荘地へ入る道がある。グリーンタウンと言えば、彼女は知ってるはずだ」

電話が切れた。

「グリーンタウン。松崎の手前に、入る道があるそうだ」

「わかった。知ってるわ」

百二十。菜摘が、また汗を拭った。

24　凪

山道になった。

スカイラインが唸《うな》りをあげる。横Gで振り回されそうだった。

「グリーンタウンまで、二十分くらいのもんだと思うわ」

「別荘が、たくさん並んでるのか？」

「広いわね、かなり。何軒あるのかは、知らない」

「そこを見つけ出せば」

「駄目よ、ひとりで突っ走っちゃ。社長も、安見ちゃんに危険が及ばないように、慎重に構えてるんだから」

ああ、と私は言った。

セカンドギアで、レッドゾーンに達しそうな走りをしている。かなり急な坂だった。

「伊豆《いず》は、結構山が険しいの」

「みたいだな」

「訊いていい？」

「なんだ？」

「いままで釣った、一番大きな魚は？」

「どういう意味だ」

「怕《こわ》いの」

「関係ない話をしていたいってわけか」

「自分がどうなるってことじゃない。安見ちゃんになにかあったら、どうしようと思うと、怕くてたまらない」

「四百ポンドのマリーン」

「ポンドじゃ、わからない」

「百八十キロのカジキマグロ」

「すごかった？」

「八時間近く、やり合ってたよ」

「じゃ、待てるわね」

「なにを？」

「なんでも。獲物をあげるのに、八時間待ち続けたんでしょう」

「心配するな。無茶はやらん。安見の命がかかってるんだ」

「あたし、余計なことばかり言ってるわ」

「俺の気持も、それで紛れるよ」

大きなコーナーに切りこんでいった。山道に入ってから、対向車には出会っていない。ところどころに、雪があるのが目立つだけだった。

電話。

「山道には、もう入ってるか？」

「かなり進んでる」

「途中で、俺のポルシェを見かけたら、停《と》まってくれ」

切れた。

「川中のポルシェがいたら、停めてくれ」

「もう、遠くないわね」

コーナー。ヘアピン。抜けた。

前方に、臙脂《えんじ》のポルシェがうずくまっているのが見えた。

スカイラインは、ポルシェのすぐ後ろで停止した。

「早かったじゃないか」

「クォーターみたいに突っ走った。それもかなり長い距離を」

「なんだね、そのクォーターってのº？」

「アメリカン・クォーターホース。四分の一マイルだけは、矢のように突っ走ると言われてる小型の馬だ」

「落ち着いたらしいな」

「まあな」

私は、後部座席の松葉杖に手をのばした。

川中に、支えられるようにして、車を降りた。菜摘は動こうとしない。

「このアメリカン・クォーターホースは、腰を抜かしちまってるぜ」

川中が言う。

ステアリングに両手を置いた菜摘が、自分の手の上に額を載せた。

「よかった。社長に追いつけて」

「あと三十分はかかると思ってた。どんなに急いでもな」

「大変なもんだったよ、運転の腕は」

私は煙草に火をつけた。

風が冷たかった。かなりの高地だということを、私ははじめて感じた。道端の灌木《かんぼく》の上に積もった雪を摑み、川中が口に入れた。

私も、左手で雪を摑んで、菜摘に差し出した。かすかに笑みを浮かべて、菜摘はそれを両手で受けた。

「ここは、場所がいいんだ。グリーンタウンまで五、六分ってとこだし、電話の感度がいい」

「藤木は？」

「グリーンタウンの上の方から、別荘を見張ってるよ」

吐いた煙が、風に吹き飛ばされていく。私は、煙草を雪の中に投げ捨てた。

「いまのところ、様子を見るだけか？」

「まずやらなきゃならんのは、娘さんがほんとにいるかどうか確かめることだ。方法は、そのあとに考える」

「わかった」

「落ち着いてくれて、助かったよ」

「俺が、足手まといになるわけにはいかないからな」

「確認したら、電話が入るはずだ。坂井は、土崎の親父《おやじ》さんともう会ってるだろう」

五時になろうとしている。周囲はもう薄暗かった。

　ようやく、菜摘も車から降りてきた。

「煙草、一本頂戴《ちょうだい》」

　私は、ポケットの煙草を、箱ごと渡した。

「あんな運転、はじめてしたわ」

「汗をかいてた。憶《おぼ》えてないかもしれないが、何度もセーターの袖で顔を拭ってたよ」

「ほんとは、これからね」

　菜摘が、煙を吐いた。

「ここまで来た。しくじりたくはない。八時間、待ってたんだからな」

「なんだね、その八時間ってのは？」

「俺と彼女の間だけの話さ」

「勝手にしろ」

　川中が、スカイラインのタイヤを軽く蹴《け》った。

「俺が、カリブ海で二百キロ近いマリーンをあげた時、八時間待ったんだよ」

「カリブ海ね」

「いい海さ」

「駿河湾も、捨てたもんじゃない」

　電話のベルが、川中を呼んだ。

ポルシェの屋根に片手をついて喋っている川中の姿を、私と菜摘はしばらく見つめていた。川中が、顔だけ私の方へむけて頷いた。

頷いた意味もわからないまま、私も頷き返していた。

「いるそうだ。娘さんの姿を、藤木が確認したよ」

「そうか」

「見たところでは、怪我《けが》ひとつしてないそうだ。おまえとの取引に、まだ使えると連中は踏んでるんだろう」

菜摘がしゃがみこんだ。私は、もう一度頷いた。

「これからが、本番の勝負だな」

「相手は、何人なんだ？」

「わからん。まだしばらく、藤木は待つつもりらしい。本格的に夜が更《ふ》けてくれば、もっと近づけると言ってた」

「待とう。それがいいと思う」

「おまえを説得するのが、大変だと思ってたよ」

「安見が無事だとわかった。俺もやっと、普通に頭が働きはじめたというところかな」

「藤木のことだ。猫みたいに窓の下まで近づいていくさ。あいつは、おまえを撃ったことをちょっと気にしてたな」

「仕方がないことだった」

「それによって、娘さんの救出ができないようだったら、自分がなんとかしなくちゃならんと思いこんでる」

「見当違いの思いこみだ。正直、俺にはありがたいことだがね」

「思いこむものがない。俺も藤木も、そうなんだ。人を殺した男ってのは、そんなもんさ。おまえが、孤軍奮闘で岡本とやり合ってた時も、俺たちゃ面白がって眺めてただけさ」

「それがなぜ？」

「人生ってやつだろう、思いがけないものが現われてくるってのが。おまえの娘が、そうだった。会ったことはないが、そうなんだ。これが十一歳の娘じゃなかったら、俺たちはやっぱりただ眺めてたと思う」

「結婚は？」

「俺も藤木も、したことはない。坂井も含めて、俺たち三人は人殺しだ。結婚なんて、しょせんは遠い出来事だと思うようになった」

「坂井もか？」

「やつは、刑務所を出て、俺と藤木を殺しに来た。金は握らされたが、金を欲しかったわけじゃないだろう。退屈で、なにをやればいいかわからないから、引き受けた殺しだったのさ。それが、いつの間にか仲間になっちまった。理由と言えば、シェーカーをうまく振れたことくらいだね」

「野心に欠ける。キドニーが言った意味が、わかるような気がするね」

「野心ってのは、もっともっと生きようとする者たちのために、あるんだろうさ。キドニーは、それと折合いがつけられなくて、いろいろやるんだ」

川中が笑った。闇《やみ》の中で、歯だけが白かった。

「車で待とうか？」

「そうだな」

「おまえは、彼女と乗ってろよ。電話は、俺のポルシェに入る」

菜摘が、私の左腕に手をかけてきた。

私は車に戻った。松葉杖を抱える恰好《かっこう》で、助手席にうずくまった。

闇は濃くなっていた。すぐ前に停まっている川中のポルシェでさえ、闇の底にうずくまった動物のように見える。

「安見は、母親を殺された。それはどうしようもなく心に残ってると思うが、立直ったよ。俺より、強いくらいだった」

「あたしの父も、殺されたわ」

闇の中で、菜摘が煙草に火をつけた。

「あたしが十八の時。なぜ殺されたか、理由はわからなかった。いまも、わかってないわ。

突然いなくなった。そんな感じね。いまは、こうして喋ることもできるけど」

「お母さんは?」

「死んだわ。よく憶えてないくらい。あたしが一番悩んだの、初潮の時よ。いまでも憶えてる。病気だと思ったもの」

低い声で、菜摘が笑った。

安見は初潮を迎えたのだろうか。ふとそう思った。訊けそうもなかった。安見は、いつまでも、私の腕にぶらさがって遊んでいた安見だ。

「父はそれなりにお金があったから、あたしこれでもいいとこのお嬢みたいに育ったの。女が覚えなくちゃならないこと、なにひとつ覚えなかったけど」

「それで、シャンソン歌手か」

「音楽学校に行ったから。別に、音楽をやりたかったわけでもないの。通りがかりに、ふと喫茶店に入ったみたいなものね」

「それで、N市へ流れ着いたか」

「結婚も、したのよ。三年前に別れたけど。バンドマスターで、あたしが持っていたお金を全部使って、結局それでも足りなかった」

「お父さんを殺した犯人は?」

「わからずじまい。迷宮入りってやつだわ」

「そんな話もあるのか」

「あるのね」

私は、煙草に火をつけた。寒さが、躰《からだ》の底までしみこんできている。菜摘がエンジンをかけ、ヒーターを入れた。

「つまらない話よね」

「君を、好きでなけりゃな」

風が強かった。ポルシェは、うずくまったまま動こうともしない。

風の音に、安見は怯《おび》えているだろう。キーラーゴに住んでいた時も、嵐《あらし》の夜には母親のベッドにもぐりこんできたものだった。寒さも、こたえているに違いない。こんな寒さを経験するのも、はじめてのはずだ。

待ち続けた。

一時間が、長いのかどうかもよくわからなかった。一日のようでもあり、一瞬のようでもあった。とにかく、安見の無事な姿だけは確認されている。

ポルシェのドアが開き、川中が出てくるのが見えた。

「男が六人。ほぼ間違いはなさそうだ」

「藤木は、まだ見張ってるのか？」

「窓の下まで行ってな。でっぷりしたおっさんがボスらしいな」

「俺が、土地関係の書類を渡した男だ」

「連中が次にどう動くかで、俺たちもとっさに出方を決めなきゃならん。決めるのは、俺に任せて貰ってもいいかな」

私は煙草をくわえた。

風の音が、いっそう大きくなったような気がした。空は、晴れているようだ。すでに、七時は回っていた。

「いいよ。決めてくれ」

「ほんとうにか？」

「この場合、父親である俺に決めさせるのが一番楽な方法だろうってことは、わかってる。それを、自分で決めようというんだから」

川中が頷いたようだった。闇に紛れて、はっきりはわからない。

そのまま、川中はポルシェに戻っていった。私はウインドグラスをあげ、風の音を遮った。

十分と待たなかった。

川中が降りてくる。

「肥《ふと》っちょのおっさんが、出るみたいだ。この道で停める。この車は、ハイビームにしてむこうの眼でもくらませてやってくれ」

「何人だ？」

「四人。速く事を運ばないことにゃ、面倒になる。銃は持ってるな」

「ああ」

「じゃ、あとは出会《でく》わしてからだ」

川中がポルシェに戻った。

25　口

車を、道路の中央に出した。

よほど小さな車でないかぎり、脇を抜けることはできないだろう。

「ここで戻れと言っても、言うことを聞きそうにないな」

「言わないことね、はじめから」

電話。

「一キロほど進んでくれ。脇道がある。俺はそこにいるから、土手っ腹にぶっつけてやれるようなところで、相手の車を停めよう。うまくやってくれよ」

菜摘がスピードをあげた。

左への横道の手前で、菜摘の腕に触れた。道路を直角に照らし出している、ポルシェのライトが確認できたのだ。

停止すると、ポルシェのライトが消えた。

「ハイビームだ」

「わかった」

菜摘がライトをあげた。

「寒いが、窓も開けておくぜ」

風の音だけだった。

私は思い直して、車を降りた。松葉杖で、ライトの脇に立つ。腰のベルトに挟んだパイソンを確認した。

「乗ってろ。いつでも車を出せるようにしといてくれ」

降りかかった菜摘に言った。

風の音の合間に、エンジン音が混りこんできた。路面が凍結しているのを心配しているのか、ローでそろそろと降りてきているようだ。

大きなコーナー。ライトが、樹木や雪を薙《な》ぐように照らし出しているのが見える。

黒塗りの、大きな車だった。ハンドルは右だ。こちらが考えたところで、停まった。川中のポルシェが横道から真直《まっす》ぐ走ってくれば、土手っ腹にぶち当たる位置にある。

「おい、故障か」

助手席の窓から男が顔を出した。

「脇に停めなきゃ、通れねえじゃねえか」

私は黙ったまま、男が降りてくるのを待っていた。クラクションが、苛立ったように三度続けて鳴った。菜摘が、一度返した。

「事故かよ、おい」

助手席から、ひとり降りてきた。川中のポルシェは、まだ横道の闇の中にひそんだままだ。

「怪我人でも出たのかよ。なんとか言いやがれ、この野郎」

男が、スカイラインのライトを腕で遮りながら近づいてきた。私は、ライトの外側で待ち続けた。『サザンクロス』に乗っていた若い男だ。

「故障なら、脇へどかすの、手伝ってやるぜ」

「このタイヤ、見てくれないか」

「タイヤ？　前輪かよ」

「ああ。右だ」

男は、まだ私の顔に気づかないようだった。寒そうに肩を竦《すく》めながら、私のそばまできた。二十二、三。そんなところだろう。

「とにかく、ライト消しな。下ってくる車は、たまったもんじゃねえぜ」

言いながら、男がタイヤのそばにかがみこもうとした。松葉杖。腰をひねりながら横に振りあげ、体重をかけて男の後頭部に叩《たた》きつけた。男は、這《は》いつくばるように前に倒れ、そのまま動かなくなった。

連中は、すぐにはなにが起きたか気づかなかったようだ。ライトの外側で、はっきり見とれなかったに違いない。

「なにがあったんだよ。おい、なんだってんだ」

後部座席から、ひとり降りてこようとした。

菜摘が、エンジンの回転をあげた。

「おい、なんかあったのか」

降りてこようとした男は、エンジン音に怯えたように躰を止めた。

無灯火の車。後ろから近づいてくる。菜摘は、エンジン音をあげっ放しにしていた。クラッチを切っているのか、ほとんど音もなく近づいてくる。

停まった。後方二メートルぐらいか。はじめて、ライトがついた。別の方向から、またライトが突き刺さってきた。車の中の三人は、動転しているようだ。

川中のポルシェ。黒塗りの車の、横腹に触れそうなところで、停まった。

降りてきた藤木は、すでに車のそばに立っている。

私は歩き出した。

「降りろ」

藤木が言っていた。降ろされたのは、肥っちょの男だけだった。

「あとの二人は、引き受けます。この男を、連れていってください」

私はドアを開け、肥っちょに左手の銃を突きつけた。男は、大人しく降りてきた。寒いのか、それとも怯えているのか、躰を小刻みにふるわせている。

「歩け」

横道の入口に立つと、川中はポルシェをバックさせた。十メートルほど、私はバックするポルシェに付いて歩いた。

「いいだろう、ここらで」

サイドブレーキを引いて降りてきた川中が言った。

「川中」

男は驚いたようだった。

「点滴がよく効いてね。あっという間に、胸の傷は塞《ふさ》がっちまったよ」

スモールライトに照らされた男の横顔が、歪《ゆが》んでいた。

「汚い真似《まね》を」

「お互いさまじゃないか。というより、あんたたちの方が、ずっと汚い」

「わかってるんだろうな、どうなるか？」

「あんたを見た瞬間に、これからどうなるのか見当はつけたよ」

川中は、男を知っているようだった。

私は、コートの上から男の腹に突きつけたパイソンに、ぐいと力を入れた。

「秋山さん。あんたの娘さんを預かってるってことを、忘れたわけじゃあるまいね」

「憶えてるから、引金を引いてないんだ」

「どうする気だ？」

男の声は、かすかにふるえを帯びていた。それでも、濁声《だみごえ》は変らない。

男の腹に、私は松葉杖を叩きつけた。右腿《もも》に痛みが走る。男が、躰を二つに折って路面に倒れた。川中が、懐中電灯の光を男の顔に当てた。

「いろいろ、喋ることがあるだろう、浅田《あさだ》さん」

「娘は、死ぬぞ」

「その前に、あんたが死ぬさ」

「秋山、いいのか、娘がどうなっても？」

喘《あえ》ぐような言い方だった。浅田と呼ばれた男の額には、汗の粒が浮かんでいる。

「娘がどこだか、まず言って貰おう」

「あるところに、預けてある。いまのところ、危険はないと保証しよう」

「返すという約束だったろう」

「返すさ。いろいろ調べなくちゃならないことがあった。それで手間取った」

「マリーナに戻れば、娘が抱きついてくる。あんたはそう言ったよな」

「そのつもりだったが」

「娘は、どこにいる？」

「熱海《あたみ》」

浅田は、仰むけに路面に横たわったままだった。盛りあがった腹が、激しく上下している。

「もう一度、言ってみろ」

「熱海。ホテルだよ。婆《ばあ》さんをひとりつけてある」

私は、浅田の口に、松葉杖のさきを突っこんだ。体重をかけていく。浅田の顔が歪《ゆが》んだ。ピンでとめられた昆虫のように、手足だけをバタつかせている。

「諦《あきら》めろ、浅田。娘は、熱海になんかいない。もっと痛い目を見たいのか」

浅田が、なにか言おうとした。呻《うめ》きに似た声が洩《も》れてきただけだ。私は、松葉杖にさらに体重をかけた。ぐいと一度ねじった。浅田の口から、血が溢《あふ》れ出してくる。松葉杖を両手で摑んで、浅田は逃れようとしていた。その腕を、川中が蹴りつける。

松葉杖のさきを抜いた。

浅田は、しばらく喘いでいた。

「ほんとうのことを、言ってくれ」

「この上の、グリーンタウン」

カン高い、かすれたような声になっていた。

「それで？」

「婆さんが、ひとり付いてる」

もう一度、私は浅田の口に松葉杖のさきを突っこんだ。容赦はしなかった。体重をかけ、ぐいとねじりこむ。浅田が暴れた。弱々しい力だった。しばらく、私はやめなかった。

「声、出るかね？」

「グリーンタウン。ほんとだ。付いてるのは、若いのがひとりと、爺《じい》さんだ」

全部で六人。ここに四人いる。残っているのは二人。川中の方に、私は眼をやった。川中は、黙って頷いた。

「俺になにかあれば、娘は死ぬぞ」

「もう、なにかあったよ。それで、娘は死んでるかね」

「わかれば だ」

「わからなければ？」

浅田に顔を寄せた。酒の匂《にお》いのする息だった。

「わからなければ、娘は生きてるんだな」

「どういう意味だ？」

浅田の顔に、また怯えが走った。

「俺を、殺して埋めようって気か？」

「それが、一番わからない方法だろう」

「俺から連絡がないと」

「もういい。どこに埋めるかは、これから決めるさ」

浅田の口からは、血が流れ続けている。それが、時々のどの方へ降りてくるのか、咳《せき》こんでは、苦しそうに躰をよじっている。

「拳銃《けんじゆう》、貸してくれないか、秋山」

川中が言った。私は、パイソンの銃身を摑んで川中に差し出した。

「おまえを使ってるのは、浅田？」

「俺は」

「誰にも使われてない、なんて言うのはよせよ。今度は松葉杖じゃない。こいつで頭ごと吹っ飛ばしてやるぞ」

「知らん」

「俺がどんな男か、いくらかは知ってるだろう。二度訊くのは、好きじゃない」

パイソンの銃身が、浅田の口に突っこまれた。引金。かすかに撃鉄が持ちあがった。

浅田が眼を見開く。パイソンが引き抜かれた。撃鉄は、半分起きかかったままだ。

「これが最後だ。答えによっちゃ、おまえはそのまま楽になるよ」

浅田の唇がふるえた。口から血が噴き出してくる。唾液《だえき》と混じり合っているのか、ねっとりとした感じの血だ。

「山」

「なんだ。いい加減なことは言うな。俺も、首なしのおまえの屍体《したい》は見たくない」

「山根《やまね》」

「山根雄幸《ゆうこう》か。なるほどな。それで、おまえが命じられたのは？」

「土地。二人を、潰《つぶ》してしまえということだった」

「俺と、秋山をだな」

「もともと、岡本さんが、あんたを潰す役だったんだ」

「それは、なんとなく見当がついてたよ。岡本がああなったんで、次はおまえか」

「助けてくれ」

「秋山の娘をさらったのは、おまえの考えか？」

「違う。山根さんに言われた」

「なんと言われた？」

「秋山って男を、狂犬にしちまえと。それであんたに咬《か》みつかせろと」

「それから？」

「徹底的に利用しろと」

「その後は？」

「殺せと言われた」

「じゃ、殺す気でグリーンタウンに連れてきたのか？」

「はじめから、あそこにいる。動かしちゃいねえよ」

川中が、浅田のコートの内ポケットを探った。私が渡した書類が、そのまま出てきた。

「あそこで、山根がリゾートタウンでもやる気か？」

「いや、俺がリゾートタウンをやることになってる。山根さんは、ヨットハーバーを自由にしたいだけだ」

「岡本とおまえが、交代したってだけのことなのか？」

「だと思う。岡本さんには金があったが、俺にはねえ。山根さんが全部持ってくれて、俺は雇われ社長だ」

「山根は、なにをやる気だ？」

「知らねえ」

パイソンが動いた。浅田が激しく首を振った。

「ほんとだ。知らねえんだ。ヨットハーバーに、でかい船が入るようにする。二百トンぐらいのな。それだけしか、俺は知らねえ」

「わかった。それで、おまえはどこへ行く気だった？」

「熱海のホテル」

「そこに、誰かいるのか？」

「俺が」

「浅田、考えて喋れよ」

川中の声が鋭くなった。

「俺が泊ってるホテルに、山根さんが来ることになってる」

「俺が重傷を負ったという報告は？」

「した。秋山の土地を手に入れた、という報告もした」

「今後、どうするかという話だな」

「場合によっちゃ、N市に山根さんが乗りこむことになってる」

「いいだろう」

川中が腰をあげた。浅田が、呪縛《じゅばく》を解かれたように眼を閉じた。

「終っちゃいないぞ、浅田」

浅田が眼を開けた。

「熱海へ電話をしろ。山根に、川中が死んだと報告するんだ」

「やめてくれ。そんなことをすりゃ、俺は殺される」

「少なくとも、時間がある。逃げるチャンスもある。ここには、両方ともないぜ」

「殺すのか、俺を？」

「場合によってはだ。おまえが山根と切れちまうことになりゃ、殺すこともない」

「だが、電話と言ったって」

「俺の車から、かけりゃいい」

川中が、浅田を引き起こした。

立った浅田が、血反吐《ちへど》を路面に吐き出した。倒れはせず、なんとか立っている。

川中は、私にパイソンを返すと、自分のポルシェのところへ歩いていった。

「早くしろ、浅田」

呼ばれた浅田が、足をフラつかせながら川中の方へ歩いた。私も付いていった。

「手間はかけさせるなよ」

肚を決めたのか、浅田は川中が差し出した受話器を受け取り、番号をプッシュした。

「どこにかけた？」

川中が言う。

「山根さんの車だ。いま、こっちへむかってるはずだから」

「なるほどね」

川中が、浅田に顔を近づけた。一緒に、電話を聞くつもりのようだ。

「浅田です」

川中が頷いた。私は、念のためにパイソンを出し、浅田のこめかみに銃口を押し当てた。

「川中が、いま死にました。どうも、警察も動きはじめるみたいで」

浅田のこめかみが、ピクピクと動いている。それが銃身を通して、私の掌《てのひら》に伝わってきた。風の音。相変らず強く吹いている。

「はい、わかりました。今夜じゅうに、全部片を付けます」

川中が受話器をとった。

「薄汚い男だ」

吐き捨てるように、川中が言う。

26　父娘

別荘地は、静かだった。

季節が季節だ。菜摘は、黙ったまま喋ろうとしなかった。

「どうした?」

「これからでしょ。あの男たちのことなんか、あたしどうでもいい。安見ちゃんを、ちゃんと助け出せるかどうかよ」

「助け出せるさ」

「男が、二人付いてるのね」

「ひとりは、爺さんだよ」

明りのついた家が見えてきた。

先頭が、浅田を乗せた藤木の車。次が私たちの車だった。ポルシェは、ひと足さきに行った。

「山根という男と、浅田が話した。川中が死んだということでね」

「それで？」

「川中殺しで、俺を逮捕させろ。そう言ったよ。二人同時に片付くってな」

「ひどい話」

「それから」

私は煙草に火をつけた。窓をちょっと開く。吐いた煙が、吸いこまれるように流れ出していく。かっと、躰が熱くなっていた。

「それから？」

「安見を殺して、屍体が絶対に出ないところに埋めろ、と言ったよ」

菜摘が、息を呑んだ。

「つまりは、そういう連中だった」

「わかったわ」

「二人付いてる男を殺しても、ここで安見を助け出さなくちゃならない」

「人間の考えることじゃないわ」

「二人を殺すことがか？」

「山根とかいう男」

「いずれ、俺も会うことになるだろう。フロリダの俺のホテルも、山根が岡本を使って買収に乗り出したようなんだ」

「どこまで、いくの？」

「なにが？」

「岡本が終ったら、山根という男。最終的には、もっともっと、上まで行くんじゃない」

「考えりゃ、きりがないさ」

「わかってるけど」

藤木の車が、スピードを落とした。

「そこの家らしいな」

「大丈夫？　こんなに近づいて」

「川中の作戦に、任せたんだ」

浅田と藤木が、同時に降りるのが見えた。

「待ってろよ、ここで」

私も降りた。菜摘が、私の制止を聞かずに降りてくる。

浅田をさきに立てて、藤木は真直ぐ玄関にむかって歩きはじめていた。数メートル遅れて、私たちも続いた。

ノック。俺だと言っている浅田の声。玄関のドアが開き、明りが外に流れ出してきた。気づいた時、藤木の姿はなかった。浅田ひとりが、光を浴びながら呆然《ぼうぜん》と立ち尽している。ガラスの破れるような音がした。それきり、家の中は静かになった。

浅田の躰を押しのけるようにして、私は家の中に飛びこんだ。

「二階だ、秋山。おまえが行ってやれ」

川中の足もとに、若い男が倒れていた。藤木は、腰を抜かしたように座りこんでいる初老の男の首に、ナイフの刃を当てている。

私は階段にとりついた。松葉杖が邪魔なので、途中で放《ほう》り出した。

ドアが二つ。ひとつを開けた。安見はいなかった。

もうひとつのドア。暗い。ドアのそばのスイッチを手で探る。

「安見」

部屋の隅にうずくまっていた。両手で頭を抱えこんでいる。もう一度呼んだ。ゆっくりと、安見が私に眼をむけた。

渇いた眼だ。それが見る間に濡《ぬ》れてきた。

私の腕の中に、安見が飛びこんできた。

しばらく、抱き合っていた。

「もう、心配しなくていい」

私が言ったのは、それだけだった。

部屋の入口で、菜摘が座りこんでいた。私は、安見の躰をそっと横にむけた。

「早くここを出よう」

安見が頷く。

「このおばさんが、助けてくれた。下にいる二人のおじさんと一緒にな」

階段を降りた。

リビングには、川中がひとりで立っていた。

「やあ」

川中が言う。安見がペコリと頭を下げた。

「大人ってのは、ひどいのがいるな、嬢ちゃん」

「パパが、来てくれると思ってた」

「そうさ。君のパパは意地っ張りだ。怪我してるのにな」

「怪我？」

安見が、私の脚を覗きこんだ。菜摘が、松葉杖を差し出してくる。

キッチンの方から、藤木が顔を出した。意味のよくわからない眼ざしを、一瞬安見にむけた。安見が、藤木を見てまたお辞儀をした。弾《はじ》かれたように、藤木はキッチンの奥へひっこんだ。

「行きましょう」

菜摘が言った。

「そうしてくれ。俺たちにゃ、あとの始末がある」

「わかった」

私は頷いて、安見の肩を抱いた。

藤木のスカイラインの後部座席に、私と安見は並んで腰を降ろした。

方向を変え、登ってきた道を下っていった。残してきた、黒塗りの車と三人は見当たらない。エンジンルームのコードをズタズタにしてあるので、坂を利用して下までは降りられても、それからさきは無理だろう。

「おなか、減ってない、安見ちゃん」

「わかんないけど、大丈夫だと思う」

電話が鳴った。私が手を出す前に、菜摘がとった。

「あたしによ。社長から」

　菜摘は、しばらく短い受け答えをしていた。スピードは落としていて、右手でしっかりステアリングをホールドしている。

「わかりました。そうします」

　それから、しばらく受け答えが続いた。

「あたしの店へ行くわ」

　電話を置いて、菜摘が言った。

「なぜ？」

「その方が安全だろうって。山根っていう男の動きが、いまひとつ摑めないんですって」

「どうせ、N市へやってくるさ」

「やってきかたも、いろいろあるわ。だから、あなたのマンションより、あたしの店の方が安全よ。そう思わない？」

「川中が、そう判断したんなら、いいだろう」

「ほかに、心当たりがあるなら」

「ないよ」

「安見ちゃん。パパの部屋じゃなく、おばさんのところでいいかしら？」

「いいわ。パパのところといっても、なにかあるわけじゃないし」

「そうよね」

低い声で、菜摘が笑った。

海沿いの道に出ていた。運転は、しっかりと法規を守っている。

「いつもは、こんな運転なのか?」

「そうよ」

「このおばさんはな、安見、レーサーみたいにこの道を飛ばしてきたんだ」

「そう」

「飛ばすこともなかったみたいね。安見ちゃんは落ち着いていたし」

「頭の中が、白くなってたの。殺すって言われたから」

「殺す?」

「どうせそうするんだって。頭の中が白くなって、その白いとこにパパの顔しか浮かんでこないの。あとは、なにも考えてなかった」

躰が、かっと熱くなった。

安見は戻ってきた。そう思い直した。菊子を見つけた時のようには、ならなくて済んだのだ。

安見の肩に、私は手を置いた。生きている安見が、確かにここにいる。

「忘れられるか、安見?」

「うん。忘れるの、得意だから」

「おばあちゃんに電話をする。元気な声を聞かせてやれよ」

菜摘が、受話器を後部座席の方へ差し出してきた。安見は、自分で番号をプッシュした。自動車電話の扱いは、フロリダで覚えたのだろう。

「呼んでるわ」

安見が言った。

「四回、五回」

出たようだ。安見が喋りはじめた。大丈夫。元気だから。パパと一緒よ。心配しちゃ駄目よ。それに、よく眠らなくっちゃ。

次に、私が代った。

私はただ、無事に安見を保護したことだけを伝えた。

しばらくすると、安見は眠りはじめた。窓の方に寄りかかろうとするのを、私は自分の方へ引き寄せた。

「父娘《おやこ》ね」

菜摘が言った。

「そうさ」

「ちょっと、うらやましいわ」

低い声で、菜摘が笑った。

27　魚の餌《えさ》

菜摘が、二階から降りてきた。

もう十二時を回っている。

「眠ったわ、やっと」

「すまんな。こういう役は、親父の苦手とするところでね」

風呂に入れ、街の洋品屋を叩き起こして買ってきた下着とパジャマに着替えさせたのが、十時だった。それから、菜摘が作った軽い食事をした。料理が上手なおばさんだと、安見は喜んでいた。

「明日、病院へ連れていくわ」

「病院？　風邪でもひいてるのか？」

「言うかどうかは、あたしが判断しろと社長に言われたんだけど」

「なんだ？」

私は、カウンターのオン・ザ・ロックを飲み干した。アルコールが躰にしみるように、暗い予感が全身にしみた。

「ちょっとだけ、いたずらされてるの」

「いたずら？」

言いながら、視界が暗くなっていくのを、私は感じていた。

「落ち着いて」

「十一の、子供だぞ」

「殺す気だったのよ、連中。利用できるだけ利用したら、殺す気だったの。死んで戻ってくるより、ずっとましだった。こんな言い方したら、あなた怒る？」

「どいつだ、いたずらしたってやつは？」

「別荘にいた、若い方の男よ。一度だけだって。安見ちゃんが、そう言ったわ」

「安見が、自分から君に言ったのか？」

「わかるものよ。下着なんかあるし。そう思ったんでしょう、安見ちゃんも。パパには内緒にしてくれって頼まれたわ」

「俺に内緒か」

「子供のように見えても、大人のところはあるものよ、女って。病院に連れていくって言ったら、素直に承知してくれたわ」

「連れて行ってくれ。頼む」

「あなたに、言うべきかどうか迷ったの。安見ちゃんを裏切ることになるし。でも、言っちゃったわ」

　私は、煙草に火をつけた。視界は、相変らず暗いままだった。色を失ってしまったような感じだ。

「安見ちゃん、はっきり憶えてないわ。一度だけだったし、恐怖で自分を失ってただろうから。夢だと思いこめば、思いこめる歳《とし》でもあるの。あたし、あの子に夢だったと思いこませるように、努力してみるわ」

「頼むよ。君に、頼むしかなさそうだ。俺はなにも知らない。安見には、そういうことにしておいてくれ」

「わかったわ」

「これからも、安見は大きくなっていく。守ってやれるのは、俺しかいないんだ」

「それも、わかってる」

　菜摘が、グラスにワイルド・ターキーを注いだ。氷が、かすかな音をたてた。

「出かけてくる」

「待ってよ」

「構わないでくれ、俺に。頭を冷やしたいだけさ。明日の朝、普通の顔で安見を見なくちゃならないしな」

「社長は、船よ」

「ああ」

私はカウンターのスツールを降りた。松葉杖をつき、そのまま扉を押した。

ボルボのドアを開ける。

オートマチックの車を転がすのに、片脚でも大して支障はなかった。

スピードをあげた。腿の傷の痛みが、かえって私を落ち着かせていた。

マリーナまで、ひと息だった。

というより、気づいた時はマリーナに着いていた、と言った方がいいだろう。

駐車場に入れた車の中で、私はしばらくじっとしていた。落ち着いている。自分に、そう言い聞かせる。無意識に、拳銃を抜いて装塡《そうてん》を確かめていた。

撃つ相手は、川中でも藤木でもない。

拳銃をベルトに戻した。いまは、無用なものだ。松葉杖で、桟橋を歩いた。

川中の船。『レナⅢ世』。小柄だが、いかにも速そうだ。

松葉杖を、甲板に放り投げた。なんとか、乗り移ろうとする。体重が右脚だけにかかると、痛みが走った。

闇から、手が差しのべられてきた。

川中だった。

「来ると思った。待ってたよ」

川中に引かれ、左脚にだけ体重をかけて、私は『レナ』に乗りこんだ。

「おまえの船も、戻ってるぜ。さっき、土崎の親父さんは帰ったとこだ」

「世話になった」

私は、沖の方に眼をやって、言った。沖は、すべて闇だった。防波堤の入口の明りが、わずかに冬の海面を照らし出している。

「どう礼をしていいか、わからないくらいだよ」

「もともと、俺の絡んだことでもある」

「ひとつだけ、教えてくれ」

「教えられんよ」

「教えてくれ。こうやって、頼んでるんだ」

「無理だ。俺は知らん」

「これは、おまえとなんの関係もない問題だ。俺だけのな。俺は、そいつを見つけ出さなけりゃならない」

「わかってるが、教えたくない」

「頼むよ、川中」

川中が、煙草に火をつけた。闇の中で、顔だけが赤く浮かびあがった。強い風を受けて、ジッポの焔《ほのお》が音をたてた。

「察するよ。余計なことかもしれんが、俺はおまえに忘れて欲しいと思ってる。それが、安見ちゃんのためでもないのか」

「安見の？」

「父親が人を殺した。それも、自分に関係あることでだ。一生、忘れられることじゃないぜ」

「言う意味は、わかってる。しかし」

「肚《はら》が収まらん。それは、おまえだけの問題だ。残酷な言い方だがね。安見ちゃんは、あの子なりに折合いをつけていくだろう。おまえも、そうしなくちゃならんのさ」

「なにも、なにひとつしてやれないと言うのか」

「そうだ」

川中の背後に、藤木が現われた。

闇からでも、抜け出してきたという感じだった。船内灯の明りが、かすかに藤木の手もとを照らし出している。

「お詫《わ》びします、秋山さん」

「なにを？」

「私が、慎重すぎたのかもしれません」

「君に、これっぽっちの責任もないさ」

「もうちょっと急いでれば、という気持はあります」

「誰もが、最善の方法を考えてくれた。度を失ってる俺が、ひとりで突っ走ったらどうなったか、考えても鳥肌が立つね」

「これを」

藤木が、ぶらさげた小さなビニール袋を差し出した。

「なんだね？」

「左手ですよ。やつの。私が切り落としました」

「左手？」

「右手は、勘弁してやってください。まだ若いし、殺したわけじゃないし」

「君に、話をつけてくれと頼んだ憶えはないぞ」

「それも、わかってます。これ以上は、私もできませんでした」

「俺は、俺の」

「秋山」

川中が、煙草を海に投げ捨てた。

「受け取ってやれ、それを。藤木は、面白がって人の手首を切り落とすような男じゃないぞ」

私は眼を閉じた。

手を出す。ビニールの袋が、私に手渡された。かすかな重さを、私は指のさきに感じた。しばらく、私は袋の中のものを見つめていた。袋の底に、かすかに血の溜《たま》りがある。

「悪かったよ。俺も勝手な男だ」

「私が、慎重すぎました」

「君にそう言われると、自分が恥しくなるよ」

私は煙草に火をつけた。

「魚の餌《えさ》にでもしてくれないか、こいつ」

私はビニール袋を差し出した。手から、重さが消えた。

冬の風が吹きつけるマリーナは、寒かった。心まで、凍えそうだ。私が日本に戻ってきて、はじめて感じるほんとうの寒さなのかもしれない。

「一杯やらんか。もう傷にさわるってこともないだろう」

「悪くないな」

私は甲板の松葉杖を拾いあげた。

「それにしても、日本の冬は寒い」

「今夜は、特別だな。北からの風が強いし、寒波も来ているらしい」

「寒波ね」

「落ち着いたじゃないか、秋山」

「毒気を抜かれたってやつだね。藤木というのは、何者なんだ」

藤木は、ビニール袋をぶらさげて、前甲板の方へ行っている。

「あいつが、いきなり若いのの手首を切り落とした時は、俺も度肝《どぎも》を抜かれた。そんなことが、平然とできるやつさ」

キャビンに入った。

スピードを重視して設計してあるせいか、ちょっと狭苦しい感じがする。チーク材の内装は悪くない。

川中が、戸棚から新しいワイルド・ターキーのボトルを出して、封を切った。

「もう、何度も死んでて、おかしくないやつさ。それが生きてる。人に死神みたいな印象を与えるのも、そのためだろう」

「俺は、好きになれそうもないと思った。最初に会った時だ。いまは違うがね」

「やつは、やつなりに生きてるよ。悲しみも喜びも怒りも持ってな。それがすぐ消えてしまうものだから、なにも感じないって顔をしてみせるわけだ。今度のことで、いっそうそれがわかった」

私は、ブリキのカップに注《つ》がれたターキーを、ひと口に飲み干した。

「もう一杯、どうかね？」

「やめとくよ」

「傷が痛むか？」

「そっちの方はいいんだが、どうも気分が晴れない。何杯飲んでも、同じだと思う」

「眠ることさ。それで忘れていく。安見ちゃんも、眠っているだろう」

「菜摘が、明日病院へ連れていくよ」

「そうか。男にはわからんことっての、あるもんだよな」

「菜摘が、いてくれて助かった」

「いい女だろう」

「いつまで『レナ』をやらせておく気だ。あんなあばら屋にひとりだぞ」

「あれでも、かなり手を入れたんだ。心配なら、毎晩飲みに行けよ」

　藤木が、キャビンに入ってきた。

「飲まないか？」

「いただきます」

「じゃ、俺も、もう一杯貰おう」

「そうだ。その方がいい」

「誰かに乾杯するという気分にはなれないが」

「それでも、乾杯しようじゃないか。海にとか、風にとか、冬の寒さにとか」

　触れ合うと、ブリキのカップは奇妙な音をたてた。

28 契約

どこといって、特徴のない男たちだった。

それでも、擦れ違っただけで、神経のどこかに触れてくる。

私は、真直《まっす》ぐカウンターまで歩き、川中の隣りのスツールに腰を降ろした。坂井が、シェイクしたドライ・マティニーを素速く差し出してくる。

「なんだい、連中は？」

「わからん」

「それで、よくここまで入れたもんだ」

「警察手帳《パス》を持ってたのさ」

「ふうん」

ドライ・マティニーを飲み干した。

藤木は、いつものように川中の隣りにいた。いやな感じはしなかった。無表情な顔を見ると、無理するなよという声でもかけてみたくなる。

「なにを調べに来た？」

「それも、わからん」

「この街の刑事じゃないな。違うか？」

「そうだ。警視庁と手帳には書いてあった。なぜわかったんだ？」

「どうも、俺がはじめてこの店に来た時、あんな顔をしてたような気がする」

「よそから来た人間にゃ、おかしな店ってわけだ」

川中が笑った。

私は煙草《たばこ》をくわえた。坂井がライターの火を出してくる。昨夜のことには、誰も触れようとしなかった。

「フロリダについて、話してくれないか」

川中が言った。

「といわれてもな」

「日本人は多いのか？」

「いや、極端に少ないと言ってもいいだろう。キューバの難民が増えてから、治安も悪くなった。年金生活を愉《たの》しむ連中は、西海岸に移ってるよ」

「日本の資本は？」

「それも、ほとんど入っていない。俺も、むこうじゃ日本人扱いじゃなかった」

「そこに岡本が手を出した。手を出させたのは、山根だがね。変だと思わないか？」

「日本の資本がほとんど入っていないから手を出した。そう思ってたがね。もっとも、危険は大きいよ。どこかの組織に組入れられるというかたちでないと、なかなかうまく溶けこめないだろうと思う」

「やっぱり、なにかあるな」

「さっきの連中、フロリダのことを訊《き》いていったのか？」

「いや。特になにを訊いたというわけでもない」

川中は、しばらく黙って考えこんでいた。私は、短くなった煙草を揉《も》み消した。

安見は、午前中大人しく病院に連れていかれたようだ。私は、気づかないふりをしていた。なんの心配もいらないって。精神的なものに気をつけてやれと言われたわ。帰ってきて、菜摘はそう報告した。

午後から、安見は土崎に連れられて、釣りに出た。菜摘も一緒だった。船の上の夕食は七時半ということになっていて、私も招待されている。

「麻薬かな」

川中が、ポツリと言った。

擦れ違った時の男たちの気配。兇悪犯《きようあくはん》を追っている刑事とは、どこか違った。

「そんな感じもしたな」

「そう思うか？」

「感じだけさ」

「俺の頭の中じゃ、麻薬ルートの構図が見えてきつつある。どうも、国際小説みたいな感じになってきたぞ」

「中南米からの麻薬を、フロリダから入れる。ありそうなことだ」

「だろう」

「すでに、あるよ。アメリカ国内の組織が、しっかり押さえている」

「そんな話を、聞いたこともあるな」

　川中が、また考えこんだ。

「フロリダ、ロスアンジェルス、ハワイ。点では繋《つな》がりますね」

　藤木が言った。

「山根ってのは、どういう男なんだ？」

「株屋だな。ここ十年でのしあがってきた。もともと、不動産を扱ってたらしいが、株で大きく儲《もう》けはじめたってわけさ」

「この街との関係は？」

「出身地さ、ここが。俺たちみたいな、よそ者じゃないってわけだ」

「会ったことはあるのか？」

「二度ばかり。寄附だとか、誰かの石碑《せきひ》の建立だとか、派手なことが好きな男だ。市も、この街出身の成功者ってことで、いろいろ頼みこんだりしてるみたいだ」

「そいつが、麻薬のルートを作るのに、この街を使おうってわけか」

「いろいろ便利だ。裏との調整もすぐにできる。山根となりゃ、警察もうかつなことはできんだろうし」

「それじゃ、フロリダからN市までのルートってわけか。途中にロスとハワイが入ると言ってなかったか？」

「ホテルを所有してます。フロリダ、そしてこの街にホテルを持てば、一直線に繋がります」

藤木は、相変らず無表情だった。話す声も低い。

「もし、アメリカ国内の組織とも手を組んでるとしたら考えられないことじゃないな」

「ホテルを買収した時に、関係ができたってことは、考えられるぜ」

私は、アメリカ国内の組織について、詳しく知っているわけではなかった。ホテルが取引の温床になりやすいということで、むしろ排除するために気を使っていたくらいだ。

「浅田っていうきのうの男は、大星開発の土地買占にひと役買ったやつでね。おまえが借りた土地の地主も、浅田のやり方が嫌いだったと言ってもいいくらいだ」

構図は、呑《の》みこめた。それでも、フロリダから麻薬といわれても、すぐにピンとはこない。

あの土地に、リゾートタウンができる。施設も、かなり造られるだろう。つまり、街の外との、いろいろなパイプができるということだ。アメリカから運ばれてきた麻薬を、マリーナにいる船のどれかが、国内に持ちこむ。つまり、この街に持ちこむ。それをパイプに乗せて、全国にバラ撒《ま》く。

頭では、考えられることだった。

「麻薬というのは、そうやって手に入れなけりゃならないもんかな」

「アメリカの感覚で考えるな。日本は周囲が海で、水際作戦というやつが厳しくてね。水際をクリアするのが、第一の難関と言ってもいい」

アメリカのような、人種の多様性もない。動きそのものは、窮屈なのかもしれない。

「韓国《かんこく》、台湾《たいわん》、東南アジアと、ルートは複雑にあるらしいがね。当然、警察や厚生省にも狙《ねら》われる。そっちが大打撃を受けた時、アメリカのルートを動かせば」

「わかるような気もするよ」

「ま、連中が動き出せばわかる」

「おまえが死んだという情報は、山根に伝わってるんだろう。その後、動いてきたか」

「多少な。いろんなやつが、尻尾《しっぽ》を出しかかった。その尻尾は、ほぼ摑《つか》んだと言ってもいいだろうな」

「それで？」

「待ってるよ。やつが来るのを」

「もう、おまえが生きてることは、知ってるのかな」

「人形の屍体《したい》におびき寄せられるような男じゃない。ただ、今日の午前中まで、俺が死んだと信じていた気配はある」

「そろそろ、来るってことかな」

「わからんよ」

私は、時計を見た。七時になろうとしている。

スツールから降りた。川中が片手をあげ、藤木と坂井はちょっと頭を下げた。

「マリーナへ行くよ。土崎さんが、安見たちを連れて釣りに出た」

「それで夕めしか。ま、愉しんでこいよ」

「釣れたでしょう。海は、そんな感じでした」

藤木が、かすかに笑みを浮かべた。

店の外の、ボルボのドアを開けた。松葉杖《まつばづえ》を、後部座席に放《ほう》りこむ。キーを入れると、男が二人いきなり乗りこんできた。入る時、『ブラディ・ドール』の入口で擦れ違った連中だ。

「ゆっくりと、出してください、秋山さん」

「これは、俺の車だ」

「だから、お願いしています。われわれは、警察の者です」

手帳を見せられた。私は、ゆっくりと発進させた。助手席にひとり、後部座席にひとりだ。

「どこへ行けばいい？」

「お好きなところへ」

私は、海岸通りに出た。あまり長くは走らず、街のはずれのところで車を停《と》めた。

「話なら、ここで済ませてくれないかな」

「川中氏とは、どういう契約になっていますか？」

「契約？」

「川中氏のヨットハーバーと、秋山さんのホテルは、密接に繋がってやっていくものでしょう？」

「だからって、契約なんかしてないさ。ホテルはホテルだよ」

「この街の、きちんとしたホテルは、シティ・ホテルだけだ。その意味で、ホテルの需要があるのはわかってますが」

「商売は、成り立つはずだよ」

二人とも、三十前後という感じだった。私と川中の契約とは、面白いことを考えついたものだ。もっとも、外から見ていると、そう思えるのかもしれない。

「秋山さん、船をお持ちですよね」

「ああ」

「航続距離《こうぞくきより》は？」

「走り方にもよるが、三、四日なら保《も》つと思うね」

「小笠原《おがさわら》より、もっと遠くまで？」

「多分ね」

「じゃ、外国だ」

「なにが、言いたいんだね？」

「脚、どうなさいました？」

「日本の警官は、言葉遣いこそ丁寧だが、自分の言いたいことは、絶対に曲げないようだね。感心するよ、まったく」

「質問のお答えには、なってませんな」

「質問するからには、元の事情ってやつを話してくれなくちゃね」

「いろんなところから、情報を集めて歩くのも仕事でしてね」

「俺たちを探るより、もっと強力な情報はあるはずだよ」

「それは、こっちで決めます」

私は肩を竦《すく》め、煙草に火をつけた。窓ガラスを少し降ろす。

「わかったよ。脚は、船の上の事故だ。裂傷ってやつさ」

「かなりの、重傷ですよね。松葉杖をつかなきゃならないみたいだし」

「筋肉を休めてやらないと、傷口が開く可能性があるようだ」

「そうですか」

「船は、去年買ったばかりで、まだ本格的な遠出というのはしていない」

「N市には、なぜ？」

「仕事さ」

「なぜ、N市を選ばれました？」

「たまたま、としか言い様がないね」

「川中氏との契約は、ほんとうにないんですね？」

「あるさ」

「ある？」

「心の契約ってやつが、ある」

「具体的には、どういう意味です？」

「わからないね。生きてることとの意味は？　そう訊かれたようなものだ」

「こっちにも、わかりませんね。契約は、ほんとうにあるんですね？」

「君らの言う意味での、契約はない。俺なりの契約があると言ってるのさ」

「わかりませんね」

「俺も、説明はできないよ」

「フロリダから、去年日本へ帰られましたね？」

「ああ」

「なぜ？」

「言いたくない」

「奥さんが、亡くなられたから？」

「よせよ。触れてほしくないことだ」

「そうなんですか？」

「君は、女房を死なせたことは？」

「ありませんよ。家内はいますが」

「じゃ、なにも言うな。これ以上言うと、車から叩《たた》き出すぜ」

「私たちを、ですか？」

「どこに、眼《め》がついてる」

「どういう意味です？」

「独り言さ」

「協力は、していただけないということですね」

私は、手をのばしてルームランプをつけた。二人とも、真剣な顔をしていた。なにか情報を摑んだ。そんなところだろう。

「降りてくれ」

「いいんですか、そんなこと言って」

「これは俺の車さ。そう言う権利が、俺にはある」

「また、来ますよ、近いうちに」

「勝手にしろ」

「協力された方が、あなたのためなんだがな」

「威《おど》しも、やめておけ」

助手席の男が、ドアを開けた。

「秋山。こっちには摑んでることがあるんだぞ」

後ろの男だった。

「早く降りろ。車を出すぞ」

二人が降りた。私は、ルームランプのスイッチを切った。

車を出す。二人の男は、走り去る私の車を見送っていた。あそこからタクシーを拾うのは、大変なことだろう。歩けば、街の中心まで四キロはある。

男たちの姿も、バックミラーから消えた。

29　会談

菜摘が、二階から降りてきた。

「眠ったみたい」

「そうか」

「愉しんでたみたいで、よかった」

「俺がか？」

「安見ちゃんよ」

店は閉めたままだった。しばらく、安見はここで預かって貰《もら》うしかなさそうだった。東京に帰せば、私の眼が届かない。守ってやることもできない。

「脚の怪我《けが》、どう？」

「なんとか、杖なしでも歩けるがね。杖が、すっかり気に入っちまった。恋人みたいなもんさ」

「似合ってるわ」

菜摘が笑った。

「安見の顔、見てきてもいいかな」

「そっとね。せっかく眠ったんだから」

私は、階段を這《は》いあがっていった。

石油ストーブに、ヤカンがかけられている。光といえば、ストーブの焔《ほのお》だけだった。

私は、安見のそばに立った。よく眠れよ。心の中で呟《つぶや》いた。

波の音。風。キーラーゴの家の夜と、どこか似ている。こんな音の中での方が、安見は落ち着くのかもしれない。

「パパ」

安見が言った。寝言。そう思ったが、安見の眼は開いていて、私を見あげている。

「眠れないのか?」

「うとうととしたの。キーラーゴのおうちのことを、思い出してたみたい」

「パパもさ」

「菜摘おばさんを、一度、キーラーゴに連れていってあげて。おばさん、行きたがってるわ」

「安見に、そう言ったのか?」

「ううん。でも、わかるの」

安見は、ひそめたような低い声で喋《しゃべ》っていた。私は、安見の額に手をやった。暖かい。汗はかいていないようだ。

「おばさんのこと、愛してる？」

「いきなり、なにを言うんだよ」

「でも、愛してるでしょう」

「パパには、ママがいたよ」

「死んじゃったわ」

「心の中じゃ、死なないものさ」

「ママを愛してて、おばさんも愛してるって、おかしなことなの？」

「わからないな。パパにはよくわからない」

「きっと、いいことよ。だって、ママはもうパパになにもしてあげられないし。だから、怒ったりもしないと思うの」

「なにを考えてる、おまえは」

「いけないこと？」

「わからないよ、パパには」

「ずるいな」

「早く寝なさい」

「おやすみのキスは、してくれないの？」

私は、かがみこんで安見の額にキスをした。安見が眼を閉じる。

眠れよ。もう一度、心の中で呟いた。よく眠って、なにもかも夢だと思ってしまえ。しばらく、安見のそばに立っていた。それから、そっと階段を降りた。

「安見ちゃん、病院の話はしなかった？」

「なんだ。眠ってないのを知ってたのか」

「眠ったふりをしてたわ。ほんとに眠ってる時と、息遣いが違ったから、わかったの。あなたと喋りたがってるんだと思って」

「病院の話はしなかった。他愛ないことばかり言ってたよ」

「甘えたいのよ」

「俺は、どうも苦手でね」

「でしょうね」

菜摘が、笑いながらワイルド・ターキーを注《つ》いだ。低く、シャンソンがかかっている。生きることのかなしさを唄《うた》った詩。どこか、心にしみこんでくる。暗いとは、あまり感じなかった。男と女が別れたから。それだけの理由で、陽気に酒を飲もう。ひとりになって泣く前に、ちょっとの間だけ、陽気に酒を飲もう。そんな意味の歌詞だ。

ターキーが躰《からだ》にしみた。波の音。風。

川中が、ここを気に入って手放さないという理由が、なんとなくわかる気がする。

「ここが欲しいな」

「ここって、この店のこと?」

「そうだ」

「社長、売る気はなさそうよ。なぜ持ってるのか、あたしもよくわかんないけど」

「いいところだからさ」

「あたしも、そう思う。あなたも、社長もね。だけど、みんななぜこんな場所にって言うわ」

「だろうな」

「風が当たって、建物はすぐに傷むでしょうし。前に、岬に別荘地が売り出されたことがあったらしいの。二、三年で、建物はガタガタになったたって。いまもあるけど、使われてるのは五、六軒みたい。傷みがあんまりひどいんで、誰も新しく建てかえないの」

「ここは、保ってるじゃないか。建物そのものは、相当古いぜ」

「まあね。別荘じゃなく、ずっと誰かが住んでるからよ」

「俺は、気に入った」

「社長に、頼んでみるのね。人が気に入ってると知ったら、なかなか手放さないわよ。羨《うらやま》しがらせて、喜んで。まるで子供みたいなこと、すると思うな」

私は、ターキーを自分で注いだ。酒も、もう傷にはしみないようになっている。

電話が鳴った。

私は、とっさに天井を仰いだ。

「大丈夫。上は鳴らないようにしてあるから」

言って、菜摘が受話器をとった。

「社長から」

差し出された受話器に、私は耳を押しつけた。

「これから、店へ来て貰えないか」

「なにがあった」

「どうも、山根が本気でやるつもりらしい。切羽詰《せっぱつま》ってきてるんだと思う」

「警察じゃ、俺とおまえが組んで、なにかたくらんでると思ってるようだぜ」

「警視庁は、だろう。多分、アメリカからの麻薬ルートが作られようとしてることを、嗅《か》ぎつけたんだろう。フロリダにいたおまえと、俺が組む。あの手合いの考えそうなことじゃないか」

「地元は違うのか？」

「俺が、麻薬に関心を持ってないことくらい、よく知ってるさ」

「わかった。すぐ行くよ」

「ちょうど看板の時間だ。いろんなやつらが、集まってくるだろうと思う」

私は受話器を置いた。

黙って、カウンターの上のボルボのキーを摑んだ。

「気をつけて」

菜摘が言う。

「安見を、よろしくな」

「父親は、絶対に必要よ、あの子には」

「死にそうに見えるか、俺が」

「さあ。死神がよけて通るといいんだけど」

「いままで、やつはずっと俺を避けてた」

「気が変るってこともあるから」

菜摘が笑った。

ドアを押して、外に出た。寒さで、身が竦《すく》みそうだった。ボルボのドアノブも、凍《こお》ったように冷たい。

車を出した。車内は、すぐに暖かくなった。さすがに、寒い国の車だ。

店の少し手前の路地に、車を停めた。

松葉杖をついて、ゆっくりと歩いていく。

リムジンが一台。それに黒塗りの車が一台。店の入口に横付けにしたという恰好《かっこう》だった。

入口のボーイは、私の顔を見て無表情にお辞儀《じぎ》をしただけだ。

奥の席に、川中が五人の男と腰を降ろしていた。ほかの席にも、まだ何人か客が残っている。藤木は、カウンターのそばに目立たないように立っていた。店に眼を配っているという恰好だが、ほんとうは奥の席だけに注意を払っていることが、私にはよくわかった。

「秋山さんですよ」

川中が、中年の男に私を紹介した。

「山根隆介《りゅうすけ》さん。山根雄幸氏の弟さんさ」

「どうも」

わけがわからず、私は頭を下げた。

「土地のことで、川中さんと交渉していたんですがね」

「俺は、この街が飼えるダニの数は限られてると、この人に教えてたとこさ」

「波乱含《ぶく》みの会談ってわけだ」

私は、川中とむき合う位置に腰を降ろした。同じようなことを、前にも体験したような気がした。岡本と門脇。席もここだ。

山根隆介は、ちょっと疲れたような小柄な中年男だった。縞《しま》のダークスーツに、渋いネクタイを締めている。ほかの四人は、どこといって特徴はなく、ひと言でいえば会社員ふうの男たちだった。

「兄貴がなにをやろうとしているか、弟さんの方は御存知ないらしくてね」

「なるほど」

私は頷《うなず》いたが、話の流れがわかっているわけではなかった。煙草に火をつける。危険な連中ではないのか。わからなかった。会社員ふうの男が、銃をのんでいて、いきなり私と川中を撃ち殺したとしても、不思議はないのだ。

「私の土地は、借地権ってやつでしてね」

「こちらで地主と交渉しますよ。損をさせる気は、毛頭ないんだから」

「それなら、はじめから交渉されればよかった。私は、アメリカから帰国して、ようやくはじめた事業ですからね」

「譲れない、とおっしゃる」

「いきなり譲れというのが、無茶ですよ」

「秋山さんも川中さんも、世の中の動きというものに、もうちょっと眼をむけられた方がいいと思いますがね」

「世の中は、俺を中心に動いてましてね。俺が動けば、世の中も動く」

川中が言った。退屈な会談だった。威してくるわけでもなければ、泣き落としでくるわけでもない。そのへんの会社の総務課でも覗《のぞ》けば、いくらでもいそうな雁首《がんくび》が五つ並んでいるだけだ。

「川中はマリーナだし、私はホテル。それ以外の土地は、二人とも関心ないんですがね」

「プロジェクトというものがあるでしょう、全体の」

「それは、おたくで手に入れられた土地で、おやりになればいいことです。われわれに当て嵌《はめ》ることじゃないな」

「あの地域全体で、はじめて意味のあることなんですがね」

「聞いたところで、仕方がありませんね。土地の権利を人に譲ろうって気が、私にはありませんから」

「絶対に？」

「そう。そんな言葉がありますね」

「元金が二倍になる。誰でも手を出すことなんですがね」

「時間の無駄だ」

「秋山さん、怪我をなさったんですか？」

「犬に、咬《か》まれましてね」

「ほう」

「うちの娘も、咬まれましたよ」

「また、咬まれるとしたら」

「その狂犬は、殺すしかありませんな」

私が笑うと、山根隆介も笑った。残りの四人は、ずっと無表情だ。私の前には、水割りのグラスが置いてあった。私はそれに手をのばした。

「私の兄は、この街ではいくらかの影響力を持ってる。対立すると、なにかと面倒なことが多いですよ」

「ほう。やっと威し文句か」

「教えてあげただけです」

山根が、腰をあげた。藤木が出てきて、恭《うやうや》しく頭をさげた。

30 血

五人が出ていってしまうと、カウンターに客がひとり残っているだけになった。

「どういうことだ。俺を呼んだって、同じことじゃないか」

「まあ、山根隆介に会わせようと思ったわけじゃない」

川中は、椅子《いす》に浅く腰を乗せ、足を前に出して天井を眺めていた。

カウンターの男が、ボックスへきて腰を降ろした。自分のグラスを、ちゃんとカウンターから持ってきている。

「この男ですよ」

「わかってる。どうも、連中の勘違いらしいな」

「静岡県警の長井《ながい》警視。おまえが、ほんとに麻薬と関係ないのかと、疑っておられる」

「私が疑ってるんじゃない。東京から来たあの二人さ」

「俺が、どうして麻薬なんだ、川中？」

「事情は、俺に訊くな。説明してくれる人が、ここにいる」

「アメリカからの麻薬ルートができつつあると、ＦＢＩから連絡が入った。その時、君の名前が出たわけだ」

「なぜ？」

「フロリダで、ホテルをやってたね」

「一年も前に、手放してますよ」

「そこのところが、はっきりしなくてね。完全に手放したのかね？」

「事実かどうかは、ＦＢＩに問い合わせれば簡単にわかるはずだ」

「ＦＢＩから出てきたのが、君の名前さ。確認をとって出てきたのがだよ。警視庁は、それで捜査員を二人寄越した。麻薬専門の捜査員でね」

「俺は、アメリカを引き払ってきた。女房の骨まで、日本に持ってきたんだ」

「君が、川中氏と組んでヨットハーバーを造ろうとしている、という事実も出た」

「待てよ。俺が造ろうとしてるのは、ホテルさ。フロリダで、ホテルをやってたからね。マリーナは、川中が造ろうとしてる。俺じゃない」

「そこは、わかってる。警視庁の二人には、ピンと来ないらしいが」

「なにが言いたいんだ、あんたは？」

「なにも」

「おかしな夜だよ、まったく」

「これで、失礼するかな。川中君、君が私に伝えたいことは、わかったから」

長井警視が、立ちあがった。ひとりだった。藤木が見送りに出ていく。

「説明しろよ、おい」

「長井は、俺たちの土地を欲しがってるのが山根だと、はっきりわかったはずだ。つまりは、山根が麻薬のルートを作ろうとしているってな」

「じゃ、県警が動くのか？」

「いや、まったく動かんね。動かんように、それをわからせてやったんだ。山根だと、よほどのことがないかぎり、県警は動けんよ。山根の影響力ってのは、県の内部の人事にまで及んでいるだろうから」

「じゃ」

「まだフロリダにいる気のおまえに、N市の事情を説明するのが面倒だった。それで、一度で見てわかるようにしたのさ」

「わかった。県警じゃ、俺が麻薬ルートを作ろうとしてるんじゃないと理解した。警視庁の二人は、まだ俺を狙ってる。そういうことだな」

「警察の方はな」

「山根の方は、大して押せもしないように見えたがね」

「さっきのは弟さ。弟を交渉に来させたというだけでも、山根の事情は知れようってもんだ」

「そうかね」

　私は、水割りを飲み干した。

　藤木が戻ってきた。店の中は、ボーイたちの後片付けがはじまっている。私と川中は、邪魔にならないように、カウンターに移った。

「船は、N港にまだいるそうです」

　藤木が低い声で言った。

「もう、戦闘開始という情況だな」

「そう考えていいと思います」

「船ってのはなんだ、川中？」

「山根の船さ。二百トンはある。三浦半島あたりの名物だそうだ。夕方、ヨットハーバーでなく、N港に入った」

「あのマリーナは、二百トンの船は無理なのか？」

「いや、三百トンまでは入れるだろう」

カウンターの中の坂井が、オン・ザ・ロックを三つ出した。

「山根雄幸は、焦りはじめている。浅田に任せて、すべてうまくいったと思った。俺はおまえに殺され、おまえはすぐにでも逮捕されるとな。そうなりゃ、土地は宙に浮く。そこに乗りこんで、一度で片を付ける気だったんだろう」

「おまえは、生きてた」

「そんなことは、すぐわかっただろうさ。やつにとって痛かったのは、この何か月かの間に、こっちへもぐりこませてたのが、全部わかっちまったってことさ。夕方、ちょっと掃除をやってね。山根としちゃ、もう自分が乗り出してくるしかなくなった」

「無理して土地を手に入れて、どうなる。どうせ眼をつけられてるんじゃないか」

「そこさ」

川中が、にやりと笑って、オン・ザ・ロックを呷《あお》った。藤木は、チビチビとやっているだけだ。私が煙草をくわえると、坂井が洗ったばかりの灰皿の水をきれいに拭《ぬぐ》って、差し出してきた。

音楽はない。ボックスを片付けていたボーイたちも、表の方へ移っている。

「山根は、多分追いつめられているんだと思う。アメリカの組織との間で、約束があったんだろう。フロリダからN市まで、中継点をいくつか持った完全なルートを作るとな。でなけりゃ、むこうの組織が乗ってくるわけはない。山根に麻薬を扱わせることもしないだろう」

「俺のホテルを乗っ取って、すでに一年か。せっつかれたわけだ」

「せっついただけじゃないだろうさ」

「約束が守られなければ、すべてが潰《つぶ》される。フロリダで俺から奪ったホテルも、ロスやハワイのホテルも」

「命の危険もあるはずだ。ある程度のことを、山根は知っちまっただろうからな」

「それで、強行してきてるわけか。あの大人しい弟は？」

「瀬踏みだな。俺やおまえが生きてることも、確認しなけりゃならなかっただろうし。もともと、あの弟は不動産業をやってる堅実な男らしい。自分から乗り出してくるってことは、まずあり得ないだろう」

「わかった。これから、山根雄幸という男が、俺たちを潰しにかかってくるわけだ」

「この街の土地が、山根には絶対必要なんだ。土地さえ手に入れれば、培った影響力をいくらでも行使できる」

「で、むこうは何人だ？」

「わからん。組織を雇う可能性もある」

「こっちは？」

「いまのところ、ここにいるだけさ」

「四人」

「土崎の親父《おやじ》にも、一役買って貰うかもしれない」

「それでも、五人か」

「いつだって、手はあるもんだ」

川中が、二杯目のオン・ザ・ロックを空けた。

しばらく、私たちは黙って飲んでいた。山根雄幸。私にとっては、安見を攫《さら》い、利用し尽したら殺せと命じた男でしかない。土地など、いまの私にはどうでもよかった。

ボーイたちが、藤木に挨拶《あいさつ》して帰っていった。店の中は、もの音ひとつしなくなった。坂井も、カウンターから出てきている。

「その気になればこの街を牛耳れる。キドニーがそう言った男が、五人で闘おうってのか」

「俺が、やくざ者の一団でも雇ってると思ったのかね?」

「いや。おまえらしい。はじめて会った時に、感じたままの男さ」

「俺は、トラブルを好かん。おまえが岡本とやり合った時も、高みの見物を決めこんでいた。ところが、不思議なことに、いつか巻きこまれてるんだな。この街のトラブルには、いつの間にか巻きこまれてる」

「血ってやつだろう」

「血かね」

「あそこにマリーナを造らなければ、それで済むことだ。土地を転がして、多少は儲けることもできる。それを、血が許さないのさ」

「それでいいんですよ、社長」

藤木が、低い声で遠慮がちに言った。

「そういう社長じゃなかったら、私はとうに消えてたでしょう」

「おいおい」

「消えさせてくれなかった。それは、社長がそうしたから受け入れているんです」

「おまえがそんな言い方をするのは、はじめてだな、藤木」

「やっと、こんなことが言えるようになりましたよ。人間に近づいたってことですかね」

「よせよ。そうなると、大抵死ぬぜ」

川中は、さらりと言ってのけた。

私は、松葉杖を軽く二、三度床に打ちつけた。そうすることに、別に理由はなかった。

絨毯《じゅうたん》が吸収して、音はなかった。

「むこうは、そろそろ動き出すな」

「今夜かね？」

私は煙草を消して言った。

「長くなるほど、損だ。警視庁の連中も、気づくかもしれないしな」

「さしずめ、ここが襲われるか」

「散ろうか、そろそろ」

川中が腰をあげた。

「俺は、ここにいようと思うんですが」

「危険だぞ、坂井」

「どうせ、連中はボーイとしか思わねえだろうし。ひとりくらい、留守番がいた方がいいんじゃありませんか」

「じゃ、そうしてくれ。ギリギリまで、我慢するんじゃないぞ」

死にたければ勝手に死ね。川中の言い方はそんなふうだったが、坂井はただほほえみ返しただけだった。

私も、松葉杖に手をのばした。

31　逃走

ボルボに乗りこんだ。

土崎の店の前を通ったが、明りはなかった。

店は休んでしまったのだろう。どうせ、店で儲けようという気などないのだ。

自分のマンションにむかった。

ボルボを停め、降りたところで、私は四つの人影に気づいた。

「動くな」

とっさに言った。影の動きが止まった。

「土手っ腹に風穴をあけてやろうか」

次の瞬間、私はボルボに飛びこんだ。エンジンをかける。四つの影が、走り寄ってきた。ドアを開けたまま、発進した。ひとりが、開いたドアに打たれて倒れた。その反動で、ドアは閉まった。

衝撃音が、車の中を貫いた。リアウインドからフロントグラスを、撃ち抜かれている。車の中に、風が通った。もう一発。ほとんど真中を通り抜けていったようだ。私が感じたのは、音だけだった。

スピードをあげた。風圧のせいか、穴のまわりの亀裂《きれつ》があっという間に拡《ひろ》がり、フロントグラスが飛び散った。私は、腕で眼だけを庇《かば》っていた。

二台追ってきている。風圧。すさまじかった。ほとんど、眼も開けていられない。スピードを落とした。

すぐ後ろに、ライトが迫ってきた。どうにもならなかった。一台が、抜きにかかってくる。並んだ時、私はボルボの横腹をぶっつけた。右に押し気味にして、ハンドルを固定する。くっついたまま、二、三秒走った。拳銃《けんじゅう》が、窓から突き出されてくるのが見えた。ハンドルを左に切り、すぐに思いきり右へ戻した。衝撃。相手の車は路肩をちょっと走り、溝に落ちた。そのまま横転したようだ。ミラーが曲がっていて、はっきり後ろは確かめられない。

もう一台。執拗《しつよう》に迫ってくる。スピードはむこうが上だ。とにかく、眼が開けていられなかった。風が殴りつけてくる。

並ばれた。そう思った時、相手の車は、ぐんと加速した。抜かれた。ひとり。乗っているのは、ひとりだけだ。

停めた。運転はうまい。フロントグラスのない車では、勝目はなかった。相手は、こちらを停める必要はない。事故で殺した方が、はるかに後の始末はやりやすいだろう。

停まった車の中で、私は頭を低くした。

海沿いの道だ。もうちょっと走れば、私と川中の土地がある。

「出てこい」

声をかけられた。むこうがどこにいるのか、よくわからなかった。ボルボのライトは、二つとも潰れている。

「出てきなよ」

「わかった。撃つな」

私は、松葉杖を摑んだ。相手は、運転席からこっちを狙っているようだ。十五メートル。習練していれば、はずす距離ではない。

「撃たないと、約束しろ」

「どうせ、てめえはくたばるんだ。出てこなけりゃ、車ごと焼いちまうぞ」

右は海。左は灌木《かんぼく》のしげみだった。リバースのレンジに入れた。思いきり踏みこむ。ボルボは後退し、勢いよく灌木の中に尻から突っこんだ。ドア。開いた。灌木の中に飛び出す。這うようにして、車から離れた。灯油の入った瓶が投げられたようだ。炎があがり、しばらくして車が爆発した。うつぶせに伏せて、私は爆発の衝撃に耐えた。さらに、車から離れる。

灌木のしげみの中で、呼吸を整えた。

松葉杖を、しっかりと握っていた。ほかに、武器になりそうなものはなかった。まだ車が燃えていて、いくらか明るかった。

やがて、闇《やみ》が炎を包んだ。

足音。燃え尽きた車に近づいてくる。懐中電灯の光。私の屍体《したい》が黒焦げの車の中にないことに気づいたのか、光が目まぐるしく動いた。

地面に伏せていた。動けば気づかれるだろう。じっと待つしかなかった。

私のすぐそばを、光が薙《な》ぐように過ぎた。待った。灌木を踏みしめる音。波の音。あと五歩。四歩。松葉杖。起きあがりざま、思いきり叩きつけた。腕に当たったようだ。拳銃が、闇の中に飛んだ。

男がむかってくる。槍《やり》のように松葉杖を突き出した。手応《てごた》えはあった。振りあげる。打ち降ろす。もう一度。男が、うずくまるのがわかった。そこへ、さらに松葉杖を叩きつけた。

かすかな呻《うめ》きがあがった。岩でも叩いたような感じだった。

そのまま、道路に飛び出した。赤い車。キーは差したままだ。

ローに入れた。右の脚。大丈夫だ。アクセルくらいなら踏める。急発進した。

車は、傷んでいない。助手席の床に、灯油をつめたものらしい瓶が二本転がっている。

コーナーも、ほとんど減速しなかった。後輪を外へ滑らせながら、なんとか抜けていく。

対向車のパッシング。クラクション。

マリーナの明りが見えてきた。

私は桟橋のそばまで車を乗りつけた。

松葉杖。『キャサリン』。乗ったところで、倒れた。脚の傷の痛みを、はじめて感じた。

感じはじめると、耐え難いほどの激痛になった。また傷口が開いたのかもしれない。

「あんたか」

コルト・ガバメントを片手に持った土崎が、私を見降ろして立っていた。

「出航だ、土崎さん」

「忙しいこった。傷の手当てと、どっちが先かね」

「出航だよ」

「わかった」

土崎がコックピットにかけこみ、エンジンをかけた。

それから舫《もや》いを解き、舳先《へさき》の錨《いかり》を巻きあげはじめた。私はコックピットへ這っていき、サーチライトをつけた。『レナⅢ世』は見当たらない。

ようやく、錨が巻きあがったようだ。船を出した。防波堤の外の暗礁をかわす。それまで、土崎は舳先に立っていた。

「相当派手にやったみてえだな。服が泥だらけじゃねえか」

「とりあえず、海の上に逃げることしか考えつかなかった。土崎さんを巻き添えにしてすまないがね」

「これはあんたの船さ。いつ出航しようと、あんたの勝手だよ。それより、傷の手当てだな。血が滲《にじ》んでるぜ」

土崎が、救急箱を抱えてきた。

私はサーチライトを消し、航海灯だけにした。

土崎の手当ても、堂に入ったものだった。手早く消毒をし、ガーゼを当て、強めに繃帯《ほうたい》を巻いた。十分もかからなかっただろう。

私は、後甲板の松葉杖を手にとった。どこも傷んではいなかった。

「うまく作るもんだね」

「そりゃな。この船だって、いろんなとこを俺は修理してやったよ」

「わかってる。土崎さんの娘みたいなもんさ、こいつは」

レーダーを回した。船影は見つからなかった。

「どうするね？」

「川中の船も、出たようだな」

「さっき音がしてた。『レナⅢ世』だとは思わなかったよ。どこかの物好きが、荒れた日に船を出しやがると、毛布にくるまって思ってた」

「むこうには、二百トンの船があるらしい」

「豪勢な話だ。むこうってのは、山根とかいう野郎のこったな」

「俺と川中を、消す気でかかってきてる。さっきは、車が俺の身代りになってくれたがね」

海はかなり荒れていた。揺れがひどい。持ちあげられては、吸いこまれるように下へ落ちていく。波の当たる角度が悪いと、横倒しになったうえに、すさまじい飛沫《しぶき》が打ちつけてくる。

　午前二時をすぎていた。四時から五時にかけて、凪《なぎ》の時があるはずだ。そして、夜が明けていく。

「無線で、呼んでみるか」

「やめとこう。必要なら、むこうから呼んでくるはずだ。『レナⅢ世』に、川中が乗ってるともかぎらないしな」

　私は煙草に火をつけた。レーダーは時折回してみたが、船影は入ってこない。

「岸にそって航走《はし》ろう。沖へ行くより、その方がよさそうだ」

「陸《おか》で、なにが起きてやがんだ」

「みんな生きてるさ。運があれば」

「頼りねえ話だ」

　船の方向が変った。

　私は、リビングのソファに腰を降ろした。疲労感は、あまりなかった。戸棚に入れておいた、パイソンを点検する。

　無線が入ったのは、一時間ちょっと航走《はし》り続けたころだった。『レナⅢ世』。藤木の低い声だ。私が出た。

「御無事でしたか、秋山さん」

「いまのところ」

「現在地は？」

「待ってくれ」

　私は、闇にかすかに浮かぶ地形で、現在地を確認した。

「そこなら、好都合です。社長と坂井を拾ってやってくれませんか」

「連絡、とれてるのか？」

「陸上と交信できる電話があります。社長と坂井は、いまポルシェで逃げ回っているところですよ。車が三台ばかり食らいついてるようです」

「君は？」

「あっちの船を、引きつけておきます。結構速い船ですから、私の方がいいでしょう」

「わかった。どこで拾えばいい」

「そこから、二海里ほど西へ行った砂浜。サーチライトを、浜にむけて点滅させてください。いれば、ヘッドライトで返事してくるはずですから」

「わかった。急行する」

　全開にした。西へ二海里。ひとっ走りの距離だった。

「乗ってるのは、藤木だけか」

「川中と坂井は、俺が拾ってやるよ」

「むこうは、何人いやがるんだ?」

「さあね。二十人か三十人か」

「いい加減な話だ」

「海の上は、人生みたいになにが起きるかわからないもんさ」

「よしてくれ、人生なんて。気味が悪くなってくるぜ」

「とにかく、急ごう」

「川中のポルシェは、大抵の車にゃ負けねえくらい速いんだろう?」

「直線の道ならな。海沿いの道なら、車より運転の腕だ」

「坂井って坊主、結構やるんじゃねえかな。船の操縦は、なかなかのもんだ」

飛沫《しぶき》が、甲板に叩きつけられている。

二海里は、あっという間だった。

私は、サーチライトの光を点滅させた。しばらく待ってみる。十五分経《た》って、もう一度点滅させた。返事が返ってきた。砂浜の中央に当たるくらいの位置だ。

「アンカーを放りこんでくれ、土崎さん」

錨《いかり》が入れられた。

32　カリブ海

微速で、後退した。

およそ二十メートルから二十五メートル。

船底が、砂地に触れたような恰好になった。これ以上退《さ》がると、錨をウインチ代りにした脱出法がとれなくなる。

懐中電灯で、陸上に合図した。

船は上下に揺れている。下がるたびに、船底が砂の中に食いこんでいくような気がする。

人影が二つ、松林の中から飛び出してきた。ためらわず、水の中に踏みこんでくる。腰のあたりまで進んで泳ぎはじめた。闇は濃い。二人の目標になるように、私は懐中電灯の明りを出した。

川中が、さきに泳ぎついた。手を出してやる。全身がふるえているようだ。坂井は、ひとりで甲板に這い登ってきた。

「巻きあげろ」

土崎が、錨を巻きあげるスイッチを入れた。ワイヤーが、ピンと張る。錨は、あがってこない。船が、引き摺《ず》られていく。船の真下になった時、錨ははじめて海底から離れる。

海岸に、七、八人の人影が現われた。

船は、這うように沖にむかって進んでいるだけだ。底が砂から離れた。いっそう、不安定な揺れになった。

「とにかく、服を脱げよ。それから毛布にくるまれ。凍え死にしちまうぞ」

「ああ」

川中の歯が鳴っていた。私はキャビンに入り、微速で前進させ、すぐに停めた。ワイヤーにあまりたるみができると、どこかにひっかかる可能性がある。波打際まで、二十五メートル。

銃声がした。闇の中に、ヒュンと弾の音がする。一発だけ、船体に当たってカンと撥《は》ね返った。

私は、パイソンをベルトから抜き、闇にむかって一発撃った。マグナム弾独特の音が、闇を切り裂いた。

「いいぞ、底を離れた」

土崎が叫んだ。前進微速。まだ、錨は海中で不安定に揺れているはずだ。

それでも、陸の影は徐々に遠ざかっていく。揺れが、まだ激しかった。小刻みな揺れは、浅いところのものだ。沖へ出ると、もっと大きくうねりが船を持ちあげる。

「シャワーを使えよ。量はかぎられてるが、ホットシャワーが使える」

「ありがたい」

言うなり、川中は服を脱ぎ捨て、シャワールームに飛びこんでいった。

「あがったぞ」

土崎の大声が聞えた。私は、スロットルを全開にした。

ぐんと加速をつけて、船が進みはじめる。陸地が遠くなった。

私は、床でふるえている坂井に、ハバナクラブの八年物を出してやった。

「どうだ？」

「うまいや」

「大丈夫かと訊いてるんだよ」

「どうってこと、ありませんよ。俺はまだ若いし」

土崎が、アッパーブリッジに昇っていった。私は、土崎と操縦を交代した。

キャビンの室内灯をつける。坂井の顔が、腫《は》れあがっていた。紫色をしているところが、打撲のためなのか、寒さのせいなのかよくわからなかった。

川中が、シャワールームから出てきた。

「坂井、交代だ」

坂井が腰をあげた。

バスタオルを腰に巻いて出てきた川中は、たくましい躰をまだ小刻みにふるえさせていた。躰に、いくつか刃傷を持っている。

「俺にも、ラムをくれ」

「さきに毛布にくるまれよ。キャビンは暖房を入れた。すぐに暖かくなる」

ソファの上で毛布にくるまった川中に、私はカップに注《つ》いだハバナクラブを差し出した。

「生き返ったよ」

川中が言う。

船は、全開で突っ走っていた。

川中のカップにハバナクラブを注ぎ足して、私は無線をとった。藤木は、すぐに出た。

「二人とも、拾ったぞ。いまのところ、生きてるようだ」

「怪我は？」

「凍えてるだけさ。そっちの状況は？」

「レーダーで、見てください」

私はレーダーを回し、覗きこんだ。船影。はっきりと見えた。小さな影を、大きな影が追っている。動きだけを見ているとそうだ。

「追いつかれそうか？」

「いや、その気になれば、いつでも距離はあけられます。いまのところ、三十ノット以上は出してないので、こちらの最高速はその程度だと思ってるでしょう。四十五まで出せますから」

多分、傍受《ぼうじゅ》されているはずだ。藤木は、それを頭に置いて喋っているのだろう。

「燃料が、きれかかっています。全開にはできません」

「逃げきれよ」

「時間として、あと二時間が精一杯です。沖へはむかえません。戻れなくなりますから。レーダーでは、捕捉《ほそく》されてると思います。それが心配ですね。こっちは、闇の中の手探りですから」

レーダーは、ちゃんと持っている。

「こんなことなら、レーダーの修理はしておくべきでしたよ」

「いま近づいてる。もうちょっとしのいでくれ」

「わかってます。なんとかなるでしょう」

無線を切った。

「レーダー、故障中かね？」

「いや」

「燃料は？」

「それも大丈夫だ」

川中が、にやりと笑った。

私は、テーブルの二つのカップに、ハバナクラブを注ぎ足した。

「ラム酒にかぎるな、こんな時は」

「酔っ払うなよ。大事な頼みがある」

「なんだ？」

「菜摘の店を、俺に売れよ」

「いいよ。二億五千万」

「本気で頼んでるんだ」

「なぜ？　彼女は、いつまであそこで店をやってたって、構いはしないんだ」

「キーラーゴの家が、ちょうどあんな感じだった」

「なるほどね。三百五十万だ」

「安すぎる」

「三百万で買ったもんだ。手放すとすると、三百五十万だな。手もかかってるし」

「せめて、六百万にしてくれないか」

「あれで儲けようとは、まったく思ってないんでね」

「わかった。恩に着るよ」

「金は払って貰う。貸し借りはなしだ」

「安見も、あそこは好きみたいだ」

「俺も、気紛《きまぐ》れで買った店さ」

坂井が、シャワールームから出てきた。川中と並んで、毛布を躰に巻きつける。

「いまのところ、こっちが優勢だ。はじめに、バラバラに散ったのがよかった。それぞれが人を引きつけて、いまあっちの船には十人も残ってないだろう」

「きわどいところだったろう」

「一番危なかったのは、坂井だな。俺は、ポルシェでひっかき回しただけだ」

「俺は、ボルボを駄目にしたよ。燃やされちまった」

「ま、足はついてるようだからな」

午前四時を回っている。ようやく、風が静かになろうとしていた。波は相変らず高い。

「社長、ありがとうございました」

「なにが？」

「社長が来てくれなかったら、俺はいまごろ死んでますよ」

「礼を言う筋合いじゃないだろう。おまえに一番しんどいところを引き受けさせたんだ」

「助かりましたよ。ひとりじゃ逃げられなかった」

「肋骨《ろっこつ》が二本か」

「肋骨なんか、しょっちゅう折ってましたから」

「いいな、若いってのは」

「このまま、続行だな」

「当たり前だ。せっかく優勢に進めてるってのに」

「わかった。躰が暖まったら、服を着ろよ。俺のズボンとシャツが出してある。足りないものは、探してくれ」

「気が利くね」

「これでも、一年ひとり暮しをしてきたんだ。なんでも、自分でやったからな」

「俺たちは、ずっとそうさ。おまえみたいに甘やかされてないんだ。藤木も、ずっとひとりだぜ」

「わかった。ズボンはいるのかいらないのか」

「借りるよ」

川中が言う。坂井が笑った。

「それにしても、山根はこっちが考えた通りのようだな。もう切羽詰ってる。手段を選ぼうなんてのは、できる状態じゃないみたいだ」

「警視庁の刑事が」

坂井が、ハバナクラブを呷って言った。

「山根に捕まってます。どうする気か知らないけど、船に監禁されたみたいですよ」

「気づいたのかな、山根のことを」

「連中の口ぶりじゃ、すぐにも沈められかねないようでした」

「俺たちに、それを構ってる余裕はない」

「わかってます」

「下手をすると、おまえも店で殺されていたよ」

勝手に死ねというような意味のことを言いながら、川中は坂井を助けにいったのだろう。それが、彼らの結ばれ方というやつなのか。

私は、ハバナクラブを一杯ひっかけた。

土崎が、アッパーブリッジから降りてきた。上は、風と飛沫《しぶき》で耐えられない寒さだろう。

室内灯を消し、操縦をコックピットに切り替えた。

「親父さんの船さばき、なかなかのもんじゃないか」

「これでも、キーラーゴじゃ一番と言われた腕さ。おまえらみてえに、趣味ではじめた船じゃねえんだ」

「いつか、一緒にトローリングに出たいね」

「千ポンド近いマリーンがあがる。カリブ海じゃな。千ポンドだぞ」

「三時間や四時間じゃ、あがらんな」

「一昼夜。それでもあげきれずに、ワイヤーを切られちまったやつもいる」

「日本とは、スケールが違うってやつだ」

「連れてってやりてえな、カリブ海に」

「ヘミングウェイは、あそこでただ陽気に暮してたってわけじゃないだろう」

川中は、ヘミングウェイを読んでいるようだった。私は煙草に火をつけた。俺にもくれ、と川中が言う。パッケージとライターを、私はテーブルに置いた。

「誰だって、歳《とし》をとりゃ、いやな思い出のいくつかは抱えてるもんだ」

舵輪《だりん》を回しながら、土崎が言った。

川中が煙草に火をつける。ジッポの蓋《ふた》の音が、闇の中でよく響いた。

「いやになるくらい、晴れた日だな。こんな日は、風が強くて、海の上はひどく寒いもんだよ」

星が見える。土崎の言う通りだろう。

「船は喜ぶもんだ。こんな時化《しけ》をな。キーラーゴじゃ、時々荒れた日を選んで、そっと船を出してやったもんさ。船ってのは、生きてるんだ。手入れさえよくしてやれば、時化のたびに頑丈になっていくもんだ」

大きく揺れた。横波は、ほとんど食らっていない。波にむかって直角に切りこんでいる。波がどちらから来るか、闇の中でも土崎は判断できるようだった。

33　人殺し

夜が明けかかってきた。

空に色がついてくる。それを映すように、海面も色づきはじめる。

「見ろよ」

レーダーを覗きこんでいた土崎が言う。

船影が二つ。ほとんど接近してひとつになりかかっている。

「こっちにむかってるぞ。あと一海里もないくらいだね」

「見えるはずだ。アッパーに出れば、でかい方は見えるだろう」

私は、アッパーに昇った。右脚の痛みは、いつの間にか収まっている。

遠くに、白い船影が見え隠れしている。『レナⅢ世』ではない。

「うちの船は、波間の枯葉ってやつか」

川中が言った。

私は双眼鏡を覗いた。揺れていて、船影を長く捉《とら》えていることはできない。

「ここでやり合えば、一度で片が付く。山根は、そう考えてるだろうな」

「どうやる気かな？」

「ぶっつけるって手もある。むこうは、ちょっとへこむくらいだろうさ」

「ダンプと乗用車が衝突するようなもんだ」

吐き捨てるように言い、川中は下へ降りていった。

陸地から、それほど離れてはいない。沖にむかって走っていたわけではなかった。銃声。はっきりは聞きとれなかったが、多分間違いないだろう。ライフルだ。

私はキャビンに降りていった。

「当たるわけはないよな」

「ライフルだな」

「この時化だ。機関銃をぶっ放しても、当たるわけはない」

「接近してるのかもしれんな、うちの船と。藤木は、挑発して武器を全部出させようと考えてるんだろう」

川中は、海図を覗きこんでいた。

「接近したむこうの船に、どういう攻撃が一番いいと思う、秋山？」

「燃やすことだな」

「火焔瓶《かえんびん》か。おまえ、昔使ったことがあるんじゃないのか」

「材料さえ揃《そろ》ってれば、触発性のものだって作れる」

「頼もうか」

私は頷き、キッチンのダストボックスから、ウイスキーとラムの空瓶を三本取り出した。予備のガソリンを詰め、ガーゼできっちり栓をする。一番、簡単なものだった。

「暗礁に誘いこもう。それも、海図に載ってないようなところがいい」

「あるかね、そんなとこが？」

「任せろよ。ここの海は長いんだ」

「いい漁場だが、暗礁がある。そんなとこは、フロリダでも漁師しか知らなかった」

「漁師みたいなもんさ、俺は」

川中が海図を持って、土崎のそばに立った。しばらく、二人はボソボソと喋っていた。

「坂井、接近したら、ジッポでガーゼに火をつけて、君が投げてくれないか。俺は、足の踏ん張りがききそうもない」

「ただ、投げればいいんですか？」

「そうさ。破裂して燃えあがる」

なにかが、船体に当たった。

むこうの船は近づいている。陸も近づいている。全開だった。

私にしばらく操縦を任せ、土崎がアッパーブリッジに昇った。

「行くぜ、秋山」

「こっちの準備はいい」

「俺たちが、暗礁にひっかからんともかぎらん。ここまで来たら、土崎の親父にすべて預けるしかなさそうだ」

「あれで、結構運は強い方さ」

横波を食らった。『天鶴《てんかく》』という船名が、はっきりと読みとれた。甲板に、三人出ている。藤木は、並走《へいそう》するように走っていた。

「俺たちが暗礁に入れば、なにをやる気か藤木はすぐに気づくはずだ」

「どこからが、暗礁かね？」

「もう入ってるよ」

確かに、スピードが落ちていた。またライフルを食らった。船体が撥ね返したようだ。船をとらえているというのは、悪い腕ではなかった。両方とも、激しく揺れている。

「坂井、上へ行って準備してくれ」

私が言うと、坂井は頷いて瓶を三本抱えこんだ。うまく揺れを逃がしながら、歩いていく。

「そろそろ、本格的な暗礁になるぞ」

スピードが落ちた。『天鶴』との距離が、ぐんと詰まってくる。二十メートル。そんなところだ。付いてくるか。罠《わな》は口を開けて待っている。

「来いよ。付いて来いよ」

川中が呟いた。銃声。船のどこかを、弾は貫いたようだ。来い。私も心の中で呟いた。

さらに、『天鶴』の姿が大きくなった。

火焔瓶が一本飛んだ。それは舳先の少し右に当たり、一瞬、海面にまで焔が広がった。

「いいぞ、その調子だ。こっちが必死で妨害しようとしている、と山根は思うだろう」

「もうちょっとだ」

川中が呟いた。陸は、もうすぐだった。

「来い。ここだ、早く来い」

また火焔瓶が飛んだ。『天鶴』の前甲板で火があがった。すぐに消火器で消された。それでも、『天鶴』の白い船体は、煤《すす》けたように黒く汚れている。

土崎がスピードをあげた。『天鶴』も付いてきた。波。うねりが大きい。持ちあげられ、沈みこむ時、私と川中の間には、ピリッと緊張が走った。さきに『キャサリン』が底を暗礁にひっかけるかもしれない。

「来い。こっちだ。なにしてやがる」

川中が呟く。

また銃声。キャビンのガラス窓を撃ち抜かれた。私は、床に伏せながら、『天鶴』が横に傾くのを見た。船底が岩にぶつかるいやな音が、私たちのところにまで聞えてきた。

「やった」

大きく持ちあがった『天鶴』は、次のうねりで再び押し流されたように前へ出てきた。エンジンは停止したようだ。

土崎がスピードを落とした。

火焔瓶が投げられた。キャビンを包むようにして、それは燃えあがった。

ゴムボートが、二つ放り出された。何人かが、海に飛びこんだ。短時間で、簡単に沈みはしない。火さえ消せば、船の上の方がむしろ安全なはずだ。慌てているのだろう。

燃えあがった火は、勢いがなくなった時に、飛沫《しぶき》が消した。

「抜けたぞ、暗礁を」

前方にあるのは、もう砂浜の海岸だけだった。『天鶴』も、波に任せて暗礁を抜けてきた。船上には、二人しか姿が見えない。

「ライフルを構えてる。あまり近づくな」

言ったが、土崎には聞えはしなかっただろう。車が幅寄せするように、寄っていった。肚《はら》の底に響くような銃声が、船内を貫いた。リビングの、チーク材が弾《はじ》ける。

慌てて、土崎は『天鶴』から『キャサリン』を離した。

見守るしかなかった。手足を捥《も》がれた象が倒れる時は、近づかないことだ。

そのまま、潮に乗ったようだ。岸に近づいていき、三十メートルほど手前で止まった。

「底が砂を嚙《か》んだ。やつはもう動けんぞ」

近づいた。反対側からは、『レナⅢ世』も近づいてくる。

ひとりが、海に飛びこんだ。甲板に立っているのは、ひとりだけだ。

「山根か」

接舷《せつげん》した。山根であることは、すぐにわかった。弟をちょっと大柄にした、中年男だった。眼もとが、そっくりだ。

私は、下がった後部から『天鶴』の後甲板に乗り移った。

「やめたよ」

山根が言った。

「すべて、手を引こう。どうも、私の負けらしい」

川中が言った。

「はじめから負けてたぜ、あんたは」

川中にむけた視線を、私の方に移動させ、山根は息を呑んだようだった。

「やめろ。手を引くと言ったろう」

私の手もとから、357マグナム弾が飛び出していた。山根は吹っ飛び、甲板を転げ回った。肩を狙った。撃ち抜く。山根が、眼を見開き、口を開けた。

続けて二発、胸に撃ちこんだ。衝撃で、山根の躰は二度甲板を跳ねた。

川中が、山根のそばにしゃがみこむ。

「死んだよ、完全にな」

「俺がやった。おまえにも藤木にも、関係ないことだ」

「俺たちが、やったのさ」

「いや、俺だよ」

藤木が、キャビンからひとり引き摺《ず》ってきた。東京からやってきた、二人の刑事のうちのひとりだ。すでに死んでいる。顔色でわかった。

「もうひとりも、死んでますよ。ライフルの的にでもされたのかな」

「行けよ、二人とも」

私は、パイソンを甲板に放り出した。それを、藤木が拾いあげる。大事なものでも扱うように、丁寧にパイソンをハンカチで拭った。

若い刑事の右手に、しっかりと握らせる。

「社長、こんな場面、憶《おぼ》えてませんか?」

「憶えてるよ。いまおまえがやってることを、俺がやった。殺したのが、おまえだった」

「硝煙反応を残してやるのが、親切というものだ、とおっしゃっていましたね」

「それも、憶えてるよ」

若い刑事の右手から、銃声が一発、海にむかって飛んでいった。

「どういうことだ?」

「刑事と、山根が撃ち合った。二人とも死んだってわけだ」

大きな波が船体で砕け、甲板を洗って引いていった。

「全部、波が流してしまいそうだな」

「俺は、自分がやったことの責任くらい、自分でとるつもりだ」

「おまえは、女房を殺され、幼い娘をいたずらされた男だ。その責任は、すべておまえにある。おまえが責任をとるのは、そっちの方だ」

「しかし」

また、甲板を波が洗っていった。

「この二人が、殺し合ったんですよ。私はそばからよく見ていました。土崎さんも、社長も、ちょっと距離はあったでしょうが、撃ち合ったのは見えたでしょう」

「よく見えたぜ」

川中が笑った。白い歯が朝日を照り返す。

「俺は」

「世の中ってのは、こんなもんだ」

「納得しろ、というのか」

「するしかないのさ」

軽く、肩を叩かれた。藤木が、煙草を差し出してくる。

「いいホテルが、できあがりますよね、秋山さん」

「ホテル？」

「忘れるな。おまえに『レナ』も売ったんだぞ。金は払って貰わなくちゃならん」

「憶えてるさ」

私は、藤木の煙草をくわえた。ジッポの火を出してきたのは、坂井だった。

自分の船の方を見た。

アッパーブリッジの土崎と眼が合った。

にやりと笑って、土崎が横をむいた。

「駿河湾で、マリーンがあがったこともある。二百ポンドちょっとのやつだったが」

私は、川中が差し出した松葉杖を受けとった。やはり晴れた日で、海は荒れ模様だ。

「俺は、四百ポンドのやつを、あげてみたいと思ってる」

「むこうから、食らいついてくるだろう、おまえなら」

「そうかな」

川中がまた笑った。これから、潮は少しずつ引いていく。

「それにしても、やっとわかってきたみたいだな、藤木」

「なにがです」

「人生ってのが、なにかってことがさ」

「私が？」

「おまえは、人を食った年寄りになるぜ、多分」

「社長は、どうなんです」

「俺は、好々爺《こうこうや》ってやつさ」

「余計なことかもしれませんが、秋山さん。私は、ひとつだけ教えて差しあげることができます。人を殺しても、それほど苦しまなくてもいい場合もあるということをです」

「やっぱり、わかってきたよ」

「人生がですか？」

「それから、人間が」

「戻りましょうか。警察も、そろそろ事件に気づくでしょうし」

「おまえに、俺の酒場を全部任せるよ。いまも任せてるみたいなものだが」

「社長は？」

「俺は、ヨットハーバーの親父がいい」

背中を押された。私は、『キャサリン』に戻った。

土崎が、ガバメントを差し出した。

「俺が撃とうとしたところだった。ひと呼吸、あんたの方が早かっただけさ」

「ありがとうよ、土崎さん」

キャビンに入り、私は椅子に腰を降ろした。
エンジン音が大きくなった。
眼を閉じた。誰がなんといおうと、私は人殺しだった。

本書は平成二年三月に刊行された角川文庫を底本としました。